Ayumu & Shinkawa

「彼岸花は僕だけにささやく」

彼岸花は僕だけにささやく

久我有加

キャラ文庫

この作品はフィクションです。
実在の人物・団体・事件などにはいっさい関係ありません。

目次

彼岸花は僕だけにささやく

口絵・本文イラスト／m：m

彼岸からのささやき

泣き声のような、叫び声のような、呻《うめ》き声のような、悲鳴のような。

それら全てが一塊になったような音が耳元でいくつも聞こえて、辻内歩《つじうちあゆむ》は顔をしかめた。

秋らしい乾いた風が吹く朝の大学の構内には、急ぎ足の学生たちが行きかっている。十月も半ばをすぎたせいだろう、ここ数日で急に冷え込んできた。今朝も気温が低く、一限が始まる前のこの時間になっても少しも暖かくならないので、誰もが校舎へ逃れようとしている。

歩の近くには誰もいない。

しかし地を這《は》うような不快なざわめきはひっきりなしに聞こえてくる。

冷や汗が全身に滲《にじ》んだ。こめかみの辺りがズキズキと痛む。不安と恐怖で我知らず涙が出てくる。

マジで何なんだ、これ。

身体に異常があって、おどろおどろしい音が聞こえているわけではないことは既に判明している。つまり、原因がわからないのだ。だからこそ尚更《なおさら》怖い。

なんで俺がこんな目に……。

マンションに一人でいるときも聞こえてくるので、少しも休めない。夜も眠れない。食欲も落ちた。そのせいで体が怠《だる》い。

本当は休んでしまいたかったが、今日の一限は必修だったので必死で起きた。ちなみに午後にも必修の講義があるものの、そこまで体が持たないかもしれない。

しかし帰っても、どうせ状況は変わらないのだ。ざわめきは聞こえ続ける。

これ、いつか治まるんだろうか。

それとも、一生このままか……？

ぞわ、と背中が粟立《あわだ》った。恐怖と不安で息がつまる。

どうにかして気を紛らわせようと、トートバッグからヘッドフォンを取り出して耳に押し当てた。再生すると、昔のハードロックが流れ出す。洋楽はほとんど聴いたことがなかったのにこのジャンルを選んだのは、激しいギターやドラムのおかげで恐ろしい雑音が少しは紛れるからだ。

それでも完全には消してしまえなくて強く目を閉じたそのとき、ぽん、とふいに背後から肩を叩《たた》かれた。反射的に全身が強張《こわば》る。

隣に並んだのは、同じ法学部の男子学生二人と女子学生一人だ。

「おい、大丈夫か？」

「凄《すご》く顔色悪いよ。隈《くま》もできてるし」

「医務室行った方がいいんじゃないか？」

大音量のハードロックのせいで、声が遠くに聞こえる。

これ、この三人の声だよな?

俺だけに聞こえるわけじゃないよな……?

今年の四月に入学してから半年近く仲良くしてきたのに、確信が持てない。

「辻内? マジで平気か?」

気遣うように尋ねられて、ああ、うん、と歩は慌てて頷《うなず》いた。三人の声をよく聞こうとヘッドフォンをはずす。耳の奥で、じぃん、と耳鳴りのような音がした。

「大丈夫。ありがとう……」

心配をかけたくない一心で、懸命に笑みを浮かべてみせる。

しかし明らかに不自然な笑顔だったせいか、あるいは以前の張りのある快活な声とは全く違う、弱々しく掠《かす》れた声だったからか、友人たちは眉を寄せた。

「辛《つら》そうだな。事故のこともあるし、やっぱり病院行った方が……」

「無理しない方がいいぞ。タクシー呼ぶか?」

「ついてったげるから行こう」

親切に言ってくれる三人に、いや、と首を横に振る。

「検査にはもう行ったんだ。どこも悪くなくて、様子を見ましょうって言われたから……」

無防備になった耳に、意味を成さない苦しげな叫び声が突き刺さった。ざわざわわざわ、と音が大きくなる。

背筋に寒気が走った。反対に頭の芯《しん》は熱くなる。

怖い。嫌だ。なんでこんな。

笑顔を保っていられたのはここまでだった。

「ごめん、ありがとう……」

もう一度礼を言って、歩は足早に歩き出した。手に持っていたヘッドフォンを再び耳に当てる。

背中に友人たちの視線を感じたが、振り返る余裕はなかった。


一ヶ月ほど前、歩は事故に遭った。郊外にある大型のホームセンターへ行くために自転車に乗っていたところを、左折する大型トラックに巻き込まれたのだ。倒れた拍子に頭を打って意識を失い、病院へ運ばれた。

様々な検査をした結果、幸運にもどこにも異常はなく、打ち身と擦り傷のみだった。ただ、病院で目を覚ましたときからずっと変なざわめきが聞こえていたため、改めて脳と耳の検査をしてもらった。が、異常は見つからなかった。

二日で退院し、一人暮らしをしているマンションへ帰った後も、不穏なざわめきは消えなかった。しかも周囲の反応から、自分だけにしか聞こえていないことがわかった。

明るい笑い声や美しい音色ならまだしも――それでも絶え間なく聞こえるのはストレスだろうが――、憎しみや恨み、嘆き等のネガティブな感情を連想させるざわめきを一日中聞かされたせいだろう、眠れなくなった。

大学にはかろうじて行ったが、講義を受けるだけで精一杯で、フットサルのサークルには顔を出せなかった。居酒屋のバイトにも行けなくなり、辞めざるをえなかった。

ネットで同じ症状の人がいないか調べてみたが、当てはまる病気は見つけられず、従って対処の方法もわからず、いたずらに日々がすぎていった。

退院してから約二週間後、共働きの両親がそろって様子を見に来てくれたときには、かなり憔悴《しょうすい》していた。驚いた二人に付き添われ、もう一度病院で検査をしてもらった。しかしやはり異常はなかった。

なんでだよ。どこか悪いからこんなおかしなことになってんだろ。原因を見つけろよ。

苛立《いらだ》ちを通り越して怒りが湧いた。

事故に遭ったショックのせいかもしれないと言われ、心療内科を紹介された。しかしやはりこれといった病名はつかなかった。しばらく様子を見ましょう、なるべくストレスのない生活を、と言われただけだ。

このままずっと気持ちの悪いざわめきを聞き続けたら、どうなってしまうんだろう。

今も辛いが、これから先のことを考えると、どうしようもなく不安になる。精神的な病気ではないと診断が下りたが、この声のせいで病気になりそうだ。

激しいギターの音の隙間を縫うように、泣き叫ぶような、悲鳴のような声が聞こえてきて、思わずぎゅっと目を閉じる。

講師の声を妨げるほどのざわめきに耐え、一限の講義をなんとか終えた歩は机に突っ伏した。最後列の端の席を選んだのは、どうしても我慢できなくなったとき、すぐに教室を出られるようにするためだ。

しんどい。耳も痛い。もう帰っちゃおうかな……。

しかし、どうせ帰っても聞こえるのだ。

なんで俺がこんな目に。

もう何度思ったかわからないことを、またしても思う。

人目も憚《はばか》らず泣き喚《わめ》きたくなったそのとき、丸めていた背中を強く叩かれた。びく、と全身が戦慄《わなな》く。

友人たちかと思って慌てて体を起こすと、長身の男が傍らに立っていた。切れ長の目がまっすぐにこちらを見下ろしてくる。

確か同じ法学部の学生、新川奏《しんかわかなで》。イケメンとして有名なので名前は知っているものの、話したことはない。

「……、……」

新川が何か言っているが、ギターの音で聞こえない。

顔をしかめつつヘッドフォンをはずすと、じんと耳が痺《しび》れるような感覚に襲われた。

「何……？」

「後ろ、見えてるか」

「え……？」

落ち着き払った低い声で問われて、歩は眉を寄せた。

「後ろだ」

もう一度言われて、反射的に振り返る。

誰もいない。少し離れたところに白い壁があるだけだ。

「何もないけど……」

「見えてないのか？」

今度は新川が眉を寄せた。

怪訝《けげん》に思った歩は首を傾《かし》げる。

「見えてないって何が……？」

「見えてないならいい」

新川の視線が、歩が握りしめているヘッドフォンに向けられる。

「もしかして、聞こえてるのか？」

歩は思わずまじまじと新川を見上げた。イケメンという評判に違《たが》わず、近くで見ても整った凜々《りり》しい面立ちだ。そこに浮かんでいる表情は真剣そのものである。

からかっているわけではないのは一目でわかった。嫌な汗がどっと背中に滲む。

「き、聞こえてるって、なんで、知って……」

「やっぱりそうか。ほら、これ」

新川がジャケットのポケットから取り出したのは、白いお守り袋だった。

「俺用だからおまえには効き目が薄いかもしれないけど、何もないよりはましだろう。貸してやるから持ってろ」

お守りが目の前に差し出される。

あ、これ、やばいやつだ。

不安と恐怖で弱った精神でも、それくらいの判断はついた。ただでさえわけのわからない状態で疲れきっているのに、これ以上面倒なことに巻き込まれたくない。

「悪いけど、そういうのは間に合ってるんで……」

呟《つぶや》くように言って、ヘッドフォンを再び耳に当てようとした手をつかまれた。

「いいから持っとけ」

「や、ほんとにいいって」

「でも聞こえてるんだろう」

確信を持った物言いに、一瞬怯《ひる》んだ。が、すぐに新川の手を振り払う。

「ほんと無理なんで、ごめん！」

叫ぶなり、歩は力を振り絞って駆け出した。おい、待て！　と呼び止める声が聞こえたが、振り返らずに走る。

次の講義が行われる校舎に入った歩は、息を切らしながら振り返った。さすがに追ってはこない。

新川ってマルチとかの人だったのか……。

そんな風には見えなかったけれど、人は見かけではわからない。

そういえば、新川は一人でいることが多かった気がする。友人とふざけていたり、大笑いしているところも見たことがない。あんなにイケメンなのに、女性の噂《うわさ》も聞いたことがなかった。やばい系の人だから、大学で友人や恋人を作らなかったのかもしれない。

しかし新川は、聞こえてるのかと言った。

なんで変なざわめきが聞こえてるってわかったんだ。

新川はこのざわめきに心当たりがあるのだろうか。それとも、何かに勧誘するために当てずっぽうを言ったのか。

とにかく今は、わけのわからない奴《やつ》の相手をしている余裕はない。

翌朝、いつもより早く大学へ向かった歩は、新川を捜した。上着のポケットには、新川にもらったお守りが入っている。

信じられないことに、お守りを身に着けてから声が小さくなったのだ。少しだが眠れたし、食事もとれた。

昨日、新川から逃げた後、ざわめきが遠くなった気がした。なにしろ久々にヘッドフォンを外して講義を受けることができたのだ。アパートに帰ってからも、朝よりは随分とましだった。

なんで急に小さくなったんだろう。

喜びと安堵《あんど》を感じつつも、不信感を拭いきれずに上着を脱ごうとした歩は、ポケットに何かが入っていることに気付いた。恐る恐る取り出してみると、それは新川のお守りだった。どこかのタイミングで勝手に入れられたらしい。

いつのまに……。怖《こえ》え……。

反射的にローテーブルに置いて離れた途端、悪意に満ちたざわめきが大きくなった。

思わず耳を押さえたが、ざわめきが小さくなることはなかった。物理的な遮断ができないのは、前と変わらないようだった。

ということは、お守りのおかげ?

俺用だからおまえには効き目が薄いかもしれないけど、何もないよりはましだろう、という新川の言葉を思い出した歩は、恐る恐るお守りに触れた。刹那、ざわめきが遠ざかる。

すげえ、本物だ……!

確信を持った瞬間、安堵のあまり涙があふれた。誰にもどうすることもできなかったのに、新川はわかってくれた。効果のあるお守りまで貸してくれた。

とにかく、新川にお礼を言いたい。怪しい人扱いしたことも謝らねば。

そして状況を説明し、できるなら解決方法を教えてもらいたい。

しかし広い構内で新川を見つけ出すのは至難の業だった。購買、学食、カフェ、図書館、と巡ってみたが、どこにもいなかった。一限の講義は入れていない可能性もある。

歩は仕方なく、自分がとっている講義が行われる教室へ向かった。最後列に腰かけ、改めて教室を見まわす。

始業時間まで間があるせいか、一限目の講義が行われる大教室に学生の姿はまばらだった。やはり新川の姿はない。がっかりしたものの、すぐに気を取り直す。

もし会えなければ、昼休みに捜せばいい。

そう思いつつも、無意識のうちに出入り口をじっと見つめる。

すると長身の男が入ってきた。新川だ。

教室は広いのに、新川はなぜか一瞬で歩を見つけた。迷うことなくまっすぐ歩み寄ってくる。

思わず立ち上がった歩は、新川に向かって走った。

「あ、あの、新川、昨日はごめん。お守り、ありがとう」

開口一番言って、ペコリと頭を下げる。

そんな歩をどう思ったのか、新川は無表情でこちらを見下ろした。

「少しは効果があったか」

「うん！　ヘッドフォンしなくても大丈夫だし。ほんとありがとう。あの、これ、しばらく借りてていい？」

手に握っていた白いお守り袋を見せて問うと、新川に腕をとられた。

「後ろ行くぞ」

「え」

「見られてる」

ぶっきらぼうに言われて、初めて注目されていることに気付く。特に女子学生の視線が痛い。

そうだ、こいつイケメンだった……。

今まで新川と親しくしていなかった歩が急に馴《な》れ馴れしく声をかけたのが、興味を引いたのかもしれない。

歩がもともと座っていた席へ戻った新川は、あっさり腕を離した。自身のコートのポケットから、薄いブルーのお守り袋を取り出す。

「これをやるから、それは返せ」

目の前に差し出されたそれに、え、と歩は思わず声をあげた。

「こっちのより効き目があると思う。これを持ってれば、マジでやばいやつは寄ってこない。声ももっとましになるはずだ」

「マジでやばいやつって……」

「聞こえてるんだろ」

昨日と同じことを、しかし昨日とは違って確信を持って指摘され、歩ははくはくと口を動かした。

「なんで……」

「ずっとヘッドフォンしてたのは、音を紛らわそうとしてるのかと思って。でもたぶん、ヘッドフォンをつけたくらいじゃ完全に聞こえないようにはならないはずだ。それ以前に、大音量で音楽を聴き続けるのは耳に良くない」

淡々と言った新川は、歩の手から白いお守りを取り、かわりに薄いブルーのお守りを握らせた。

次の瞬間、ある程度小さくなっていたざわめきが、更に薄れる。

すげえ！　ほとんど聞こえなくなった！

遠くの方でざわざわと気配はするが、今までのことを思えば気にならない。

「楽になったか？」

問われて、歩はこくこくこくと何度も頷いた。新川は本当に声のことをわかっているのだ。

もらったお守りをぎゅっと両手で握りしめ、歩は新川を見上げた。

「し、新川も聞こえるのか？」

「いや、俺には聞こえない。でも見えるから」

あっさり言った新川は、再び歩の背後に視線を投げた。

反射的に振り返る。誰もいない。ただ白い壁があるだけだ。

歩は恐る恐る新川に向き直った。凜々しく整った面立ちには、特に何の感情も浮かんでいない。完全な無表情だ。心配そうですらない。

そのことが逆に、新川の言葉に信憑性《しんぴょうせい》を持たせた。

「み、見えるって何が……？」

声を潜めて尋ねると、新川は少しだけ眉を動かした。

「いろいろ」

「いろいろって何だよ。具体的に言えよ」

「人の形をしてるのもいくつかいるけど、黒い霧みたいのもいるし、肉の塊みたいなのとか、猫っぽいのもいる」

「……猫っぽいって、猫じゃないのか？」

「元は猫だったんだろうなって感じのやつ」

「元はって、なんだそれ……」

わけがわからない。それに、猫に気をとられていて流してしまったが、他にも怖いことを言われた。

人の形。黒い霧。肉の塊。

「えっと……、オカルト系の話……？　お守りひとつ十万円とか……」

頬を引きつらせつつ言うと、新川は眉間に皺《しわ》を寄せた。

「金なんかとらねぇよ。しんどそうだったから、少しでも効き目がある物をやろうと思っただけだ。いらないなら返せ」

「や、ちょっと待って！　ごめん！」

歩は慌ててお守りを後ろ手に隠した。

オカルトだろうが何だろうが、お守りの効果は絶大だ。しかも新川は歩の現状を正しく把握している。

俺は今、俺自身がどういう状態なのか知りたい。

「変なこと言ってごめん。言い訳になっちゃうけど、俺、事故に遭ってから急に変な声が聞こえるようになったんだ。病院で検査しても、どこにも異常はないって言われるし、心療内科へ行っても病名はつかないし。こういうの、初めてで……。寝れないし食欲もなくなるし、ほんともう、わけわかんなくて……」

　今まで誰にも言えなかったからだろう、次から次へと言葉があふれた。目の奥が熱くなって、止める間もなく涙がこぼれる。

　慌てて手の甲で涙を拭っていると、新川が淡々と尋ねてきた。

「事故って?」

「い、一ヶ月くらい前に……、あの、この前拡張工事が終わった、幹線道路、あるじゃん……。あそこの、車のディーラーがある交差点で、トラックに、巻き込まれて……」

「その事故に遭ってから、聞こえるようになったのか」

　歩はお守りを握りしめつつ、うんと頷いた。

「頭を打ったか?」

「打ったけど……、ちゃんと、検査してもらって、異常はないって言われた……」

「現代の医学の範囲では、だろ。たぶん、何かのスイッチが入ったんだな」

　スイッチ、と歩は口の中だけで呟いた。

　馬鹿馬鹿しい、ありえない。

　そう否定するには、この一ヶ月、おどろおどろしいざわめきを聞きすぎた。

　一方の新川は、やはり淡々と尋ねてくる。

「事故に遭うまでは、聞こえたことはなかったんだな?」

「うん……」

「一回も?」

念を押されて、ふいに頭の中で閃《ひらめ》くものがあった。

「や、幼稚園のとき、何回かそんなことがあったような……。あ、でも、俺が思い込んでただけで、気のせいだったかもしれない。お客さんが話してたのを聞いただけかも……」

「客って誰だ」

「母方の、祖父《じい》ちゃんと祖母《ばあ》ちゃんが小さい旅館をやってて……。そこに泊まってた、お客さんの声だったかもしれない……。旅館に遊びに行ったときに聞こえたから……。あ、でも、小学校に上がったぐらいからは、旅館に行っても何も聞こえなくなって、だから寝ぼけてただけっていうか、俺の想像だったかもなんだけど……」

信じてほしいのか、信じてほしくないのか、自分でもよくわからないまま答える。

ふうん、と新川は相づちを打った。

「小さい頃に聞いた声は、事故の後聞こえるようになった音と似てたか」

客観的に見ると、かなり荒唐無稽な話をしているにもかかわらず、新川は全く動じない。茶化されたり、からかわれたりしてもおかしくない状況なのに。

おかげで歩も落ち着いてきた。改めて幼い頃の記憶をたどる。

「……いや。似てないと思う。もっと静かな、ていうか、普通に人が会話してるみたいな声だった。ただ、姿が見えなくて声だけ聞こえてくるから、当時はすげえ怖くて……。それ以来、ホラー小説とかホラー映画とか、お化け屋敷が苦手になったんだ」

言い終えると同時にチャイムが鳴った。

ハッとして教室を見渡すと、遠巻きにしながらも複数の学生たちが興味津々でこちらを見ていた。ただでさえ目立つ新川と泣きながら話しているのだから、注目されて当然だ。

「あの、ごめん。俺ばっかりしゃべって……」

今更ながら謝ると、別に、と新川は素っ気なく応じた。

「俺が聞いたから答えただけだろ」

「そうだけど……。あ、昨日のお守り、ほんとありがとう。新しいお守りの分は、十万は無理だけど、ちゃんとお金払うから」

「金はマジでいいって」

「でも、ほんとに助かったから。何かお礼したい」

新川はなぜか驚いたように瞬《まばた》きをした。かと思うとため息を落とす。

「俺が勝手にしたことだから気にするな。それにそれはおまえ用に作られたものじゃない。効果は限定的だと思う。もしまた音が大きくなったり、気分が悪くなったりしたら言えよ」

「うん……。ありがとう。あの、でも……」

今更だが、新川はなぜ助けてくれるのだろう。歩が変な音に悩まされていることをわかっていたし、何者なのか。

俺には聞こえない。でも見えるから。

つい先ほど聞いた言葉が耳に甦《よみがえ》る。

「あの、新川」

尋ねようとしたそのとき、講師が教室に入ってきた。新川は躊躇《ためら》うことなく踵《きびす》を返す。

「あ、おい、新川、講義は？」

「俺はこの講義はとってない」

「え、そうなんだ。あ、ちょっ、まっ……、あの、ありがとう」

さっさと踵を返した新川の背中に礼を言う。

新川は全く反応せず、前を向いたまま教室を出て行った。

親切なのか素っ気ないのか、わかんねえ……。


今日の講義を全て受講し終えた歩は、大きなため息をついた。

ポケットから薄いブルーのお守りを取り出す。

このお守り、マジで凄い！

今日一日、ヘッドフォンをせずにすごせた。講義の内容も耳に入ってきたし、学食で食べた昼食のかき揚げうどんも、ちゃんと味がした。大丈夫か？　と声をかけてくれた友達にも、自然な笑顔を返せた。

新川が言った通り、完全に聞こえなくなったわけではない。しかしずっと聴覚を占拠していた不穏な音が遠くなっただけでも随分とましだ。ネガティブな気持ちにならないで済む。

新川と話をしたかったが、昼休みに彼を見つけることはできなかった。午後の講義でも一緒にならず、結局、顔を見ないまま夕方になってしまった。

新川、まだ大学にいるかもしれない。

ポケットに慎重にお守りを滑り込ませた歩は、しっかりと前を見据えて教室を出た。

「お、辻内、顔色ましになったじゃん」

声をかけてきた男友達に、うんと頷く。

「今日はけっこう元気。心配してくれてありがとな」

「すげえしんどそうだったから、マジで心配した。体調元に戻ったら、また遊ぼうぜ。ハンバーガーくらいだったら奢《おご》ってやる」

「え、マジ？　ありがと。つか約束したからな、忘れんなよ。じゃあまた明日！」

笑顔で手を振り、歩は再び歩き出した。こういう何でもない会話は久しぶりだ。嬉《うれ》しいのはもちろん、なんだかひどく懐かしい。

それもこれも新川のおかげだ。

階段を下りつつ、きょろきょろと周囲を見渡す。講義を終えた学生でごった返す廊下に新川の姿はなかった。校舎を出て、また長身を捜すが見つからない。

歩は心底がっかりした。

連絡先、聞いておけばよかった。明日会えたら絶対聞こう。

そう決めると、ぎゅるる、とふいに腹が鳴った。空腹を覚えるのは久しぶりだ。

久しぶりにハンバーガーが食べたいな。

今し方、友達とハンバーガーの話をしたせいだろう、無性に食べたくなる。

誰もが知っているチェーン店のそれを、もう一ヶ月以上食べていない。事故に遭う前はときどき食べていたハンバーガーは特別なものではなかった。が、特別ではない日常の食べ物だからこそ食べたい。

けどあの店、俺が事故に遭った場所に近いところにあるんだよな……。

事故に遭って以来、現場には行っていない。少し怖い気もする。

まあでも、お守りがあるし。事故現場の手前まで行くだけで、通るわけじゃないし。

ざわめきがほとんど聞こえなくなったことで、生来の前向きな性格が復活してきたらしい。

あるいは、単に食い意地が張っているのか。ともあれ食欲が出てきたのは良いことだ。歩は思い切ってハンバーガーを買いに行くことにした。

アパートから大学までは自転車で通っている。大学から事故現場となった幹線道路までは、自転車で約十分だ。

数年前に拡張された大きな道路沿いには、ファストフード店の他、大型のショッピングモールやファミリーレストラン、家具のチェーン店、ホームセンター、車のディーラーなどが並んでいる。

帰宅時間にあたる夕方だからだろう、交通量は多かった。太陽は既に沈み、西の空の裾にわずかに光を残すのみだ。

くすんだように見える薄暮の中、殊更慎重に自転車を走らせる。

あのときも俺は普通に乗ってたけど、それでも巻き込まれたからな……。

歩を巻き込んだ大型トラックの運転手は、すぐに車を降りて救急車と警察を呼んだらしい。事故に遭った直後に意識を失ったので、歩にその辺りの記憶はない。正直、恐怖を覚える間もなかった。それでもやはり緊張する。

道路に近付くにつれ、ペダルが重くなった気がした。確かに漕《こ》いでいるのに、なかなか前に進めない。まるでタイヤに何かが絡みついているかのようだ。

この場所は、大学に入ってから何度も自転車で通っている。今までは難なく通れていた。それなのに、ペダルを漕ぐのも辛い。

なんだこれ……。

耐えきれずに自転車を降りると、電柱にくくりつけられた看板が目に飛びこんできた。思わず自転車を停《と》める。こんな看板があったなんて、事故に遭う前は気付かなかった。

古ぼけた看板は、死亡事故の目撃情報を求めるものだった。事故の発生は二年前の九月二十六日、二十一時頃。目撃者の証言では、逃げたのは白いワンボックスカーだという。轢《ひ》き逃げの犯人はまだ見つかっていないらしい。

歩以外にも、この道で事故に遭った人がいるのだ。しかも亡くなっている。

どんなに怖かったろう。辛かっただろう。

胸が痛んで唇を噛《か》みしめたそのとき、ぞわ、と背筋が粟立った。全身に冷や汗が滲む。

歩は思わずポケットの布地の上からお守りを握りしめた。

悪寒は幾分かましになったが、動悸《どうき》が激しくなる。ど、ど、という心臓の音が耳に響いた。

その音に重なるように、人の嗚咽《おえつ》のような、呻き声のようなものが聞こえる。

うわ、なんだこれ。

血の気が引くのを感じながら、歩はできるだけ急いで自転車を方向転換しようとした。しかしハンドルがやたらと重く、いうことをきかない。

これはマジでやばい。

ハンバーガー店は目と鼻の先だが、もはや買いに行こうとは思わなかった。一刻も早く、ここを離れなくては。

　再び聞こえてきた嗚咽に首を竦《すく》めた歩は、必死で自転車を漕いだ。が、まるで後ろに何かを積んでいるかのようにペダルが重い。前に進まない。

　どうしよう、早く、早く逃げないと！

　たちまち息が上がった。全身に冷たい汗が噴き出る。

　わけのわからない状況だが、ひとつだけはっきりしていることがあった。

　つかまったら終わりだ。

　死にもの狂いで漕ぎ続け、ようやくペダルが軽くなったのは、幹線道路から脇道へ入ったところだった。それでもまだ恐ろしくて、しばらく全力で自転車を走らせる。

　見覚えのあるコンビニの前で、歩は自転車を停めた。ぜいぜいと息をしながらゆっくり後ろを振り返る。

　誰もいない。何もない。

　すっかり暗くなった道を、街灯が白々と照らしているばかりだ。

　全身から力が抜けて、歩はハンドルに突っ伏した。

　めちゃくちゃ怖かった……！

　明日、絶対、新川に会おう。

　会って話を聞いてもらおう。

翌日、大学に着いた歩は、早速新川を捜した。購買やカフェへ行ってみたが、新川はいなかった。

考えてみたら、俺、新川のこと何も知らないんだ。

彼が行きそうなところに心当たりがないので、仕方なく一限の講義が行われる校舎の出入口で張り込むことにした。必修の講義だから新川も来るはずだ。

今日は生憎《あいにく》の曇り空で、朝から肌寒い。クローゼットから引っ張り出してきたコートのポケットに手を突っ込む。指先につるんとした布地が当たった。お守りだ。

昨日は本当に怖かった。アパートに帰る道々、何度も自転車を停めて振り返ってしまった。なんとか帰り着いたところで気が付いた。

変な声が聞こえる。

小さなざわめきに紛れて、すすり泣く声が聞こえた。その声だけがピックアップされたような感じだ。

何だこれ。怖っ。前はこんなことなかったのに。

かろうじてパニックにならなかったのは、新川がくれたお守りのおかげだった。ピックアップされた声は別として、お守りがざわめきを小さくしてくれたことは確かだ。お守りを持っていれば最悪の事態にはならないと思えた。

落ち着いて耳をすませると、若い女性の声だとわかった。悲しげに、辛そうに泣いている。

怖いのは怖いけど、なんか、かわいそうだな……。

とはいえ、声を紛らわせるためにヘッドフォンはしてきたのだが。

「あれ、辻内、おはよう」

「教室行かないの？」

声をかけてきたのは、同じ学部の女性二人だ。

ヘッドフォンをはずし、おはようと応じる。

「ちょっと人を待ってて」

「そうなんだ。今日、わりと顔色いいね」

「え、そうかな？」

うん、と二人はそろって頷いた。

「最近ずっと辛そうだったから。事故に遭ったって聞いたけど、怪我《けが》とか大丈夫だったの？」

「や、うん。怪我はもう大丈夫。後遺症もないしな。心配してくれてありがとう」

よかった、と彼女らは笑う。

最近、この二人に話しかけられたことはなかった。よほど様子がおかしく見えていたのだろう。逆をいえば、今は少しはまともに見えているということだ。昨日、声をかけてくれた友達も、それまでは心配そうに見つめるだけだった。

お守りのおかげ、否、新川のおかげだ。

再びお守りを握りしめていると、視界の隅に新川の姿が見えた。バランスのとれた長身は目立つ。幸い連れはいないようだ。

「もう大丈夫だから。じゃあまたな！」

二人に手を振った歩は、新川に向かって駆け出した。

新川はすぐ歩に気付いたらしく、足を止める。

「新川、おはよう！　あのさ、昨日」

早速昨日の出来事を話そうとした歩は、口を噤《つぐ》んだ。新川が端整な顔を思い切りしかめて歩の背後を見ているのがわかったからだ。

歩も恐る恐る振り返った。何人かの学生が歩いているだけで、おかしな物は何もない。

でも、新川には見えてるんだ。

「おまえ、昨日どこへ行った」

低い声で問われて、え、と歩は声をあげた。再び新川に向き直ると、じろりとにらまれる。

「大学以外に、どこかへ行っただろう」

「あ、うん。昨日の帰りにハンバーガー買いに行ったんだけど、店の手前で、なんでか急に変な声が聞こえて。やばいと思って帰ろうとしたら、すげえペダルが重くて、なかなか前に進まなくて」

「ハンバーガーって、おまえが事故に遭った道沿いにある店か？」

うんと頷くと、新川は舌打ちをした。

「おまえはバカか。なんでそんなとこへわざわざ行ったんだ」

バカと言われてムッとする。

「そんなとこって言われても、あのハンバーガーの店、この辺じゃあそこしかないだろ。それに、事故に遭った場所の手前までは行ったけど、直接現場には行ってない」

ち、とまた新川は舌打ちした。

「近付いたら同じことだ。あの道はけっこうやばいんだよ。余計なものを拾ってきやがって」

「え？　俺、何も拾ってないよ」

「おまえに自覚がなくても拾ってんだよ。つか、おまえが聞こえるってわかってついて来たのか」

新川の視線が、また背後に向けられる。

ぞっと背筋に悪寒が走った。自分には見えないとわかっていても、今度は怖くて振り返れない。

「昨夜からざわめきに混じって、女の子が泣いてる声が聞こえるんだけど、ついて来たのってそれ？」

「そうだろうな」

あっさり頷かれ、歩は青くなった。

「ど、どうしよう。どうしたらいい？」

「日常生活に支障があるんだったら祓《はら》うか？」

「新川が追い払ってくれるのか？」

驚いて問い返すと、新川は凜々しい眉をわずかに寄せた。

あれ、なんか不味《まず》いこと言った？

しかし新川はすぐ真顔に戻り、首を横に振った。

「いや、俺には祓う力はない。知り合いに頼む。ただ、今いる奴を祓ってもまた別の奴が寄ってくるだろうから、継続的に祓い続けないといけないけど」

「え、そうなんだ。つか、なんでそんなに俺に寄ってくるんだ」

「おまえが奴らの声を聞くことができるからだろ。自分の話を聞いてほしい奴は、おまえに聞いてもらえると思って寄ってくる。今、おまえに憑《つ》いてる奴もそうだ」

「え、じゃあ、話を聞いてあげた方がいい？」

聞くだけなら自分にもできると思って尋ねたが、はあ？　と新川は不機嫌そのものの声を出した。

「何バカなこと言ってんだ。いいか、そいつらと絶対口きくんじゃないぞ」

「なんで？」

「なんでって……。逆になんでおまえは話を聞こうって思うんだ。怖くないのか？」

「そりゃ怖いけど、話を聞くだけだろ？　祓ったりするのはできないけど、聞くのは俺にもできるし」

　はー、と新川はあきれたようなため息をついた。

「そんな面倒で危ないことをしなくても、プロに頼んで祓ってもらうのが一番手っ取り早い」

「プロって？」

「祓ってくれる人。お守りをくれたのもその人だ」

「ちなみにどんな人？」

「僧侶だ。俺の大叔父……、俺の祖母の弟で、収斉《しゅうさい》さんて人」

「おお……」

　お坊さんか……。

　僧侶といえば、盆と正月にアメリカナイズされたスクーターで祖父母の家にやってくる住職しか知らない。元売れないロックバンドのギタリストという異色の経歴を持つ、妙にファンキーな坊さんだ。お祓いをやるような僧侶は、きっともっと厳格だろう。

　そんな本格的な人に頼るのは、大袈裟《おおげさ》な気がする。

てか俺的には、その祓えるお坊さんも、俺にしか聞こえないざわめきとか声と同じくらい怖いんだけど……。

「あー、今んとこはプロにお願いするのはやめとく」

新川は瞬きをした。

「いいのか」

「うん。お守りのおかげで前よりだいぶ楽になったし、なんかかわいそうだし」

「かわいそう?」

「話を聞いてほしいってことは、言いたいことがあるんだろ? 凄く悲しそうに泣いてるし、それを聞かないで一方的に消すのはかわいそうじゃん」

歩も新川に現状を打ち明けて、だいぶ気が楽になった。誰かに話を聞いてほしいという気持ちはよくわかる。

うんと頷いてみせると、新川は再び瞬きをした。珍獣に出会ったかのように、まじまじとこちらを見つめてきた彼を、歩も反射的に見つめ返す。

「何? かわいそうって思ったら変?」

「変だ」

「え、そう?」

「変だろ。相手は人間じゃないんだぞ。俺たちとは違うものだ。怖くないのか」

「怖いよ。めっちゃ怖い。でもやっぱり、言いたいことを言えないまま消えちゃうのはかわいそうだと思う」

思ったことをそのまま言っただけだが、新川はあきれたようにため息をついた。

「能天気っていうか、アホっていうか……」

「ちょっ、なんで俺、悪口言われてんの？」

「悪口じゃない。事実だ」

「いいや、悪口だ。能天気って言うけど、昨日の今日でまだ完全に元気にはなってない。聴覚もまだぼんやりしてるし、昨日はほんとにすげえ怖い思いしたし。あと、一人でいるときに変な声を聞くのはやっぱり怖い」

言いつのっていると、チャイムが鳴った。

ハッとして周りを見る。大勢行きかっていた学生が、いつのまにか減っていた。それぞれ目的の教室へ行ったのだろう。

「あ、一限必修だった。ごめん、行こう！」

慌てて駆け出すと、新川もついて来た。同じ講義を受けるから当然だが、なんだかほっとする。

新川には「聞こえる」ことを話せるからだろうか。

ていうか、新川って何者なんだ。

最終の講義は新川と一緒だった。さっさと帰ろうとした彼を、歩は大学の近くにある老舗の喫茶店に引っ張っていった。拒絶されるかもしれないと思ったが、新川は不機嫌そうに顔をしかめつつもついて来てくれた。

大学の構内にあるカフェで話してもよかったが、周囲に話を聞かれたくなかった。顔色が良くないことを心配した友人たちに次々に声をかけられ、新川と話せなかったのだ。

女の子の半分くらいは、新川目当てだった気もするけど……。

一人でいることが多い新川が歩と一緒にいることで、話しかけやすくなったらしい。

歩は正面に腰かけている新川を、改めて見つめた。

正統派のイケメンだ。

すっきりとした凜々しい面立ちに、モノトーンのシンプルな服装がよく似合っている。コーヒーカップを持ち上げた手は大きく、指は骨ばっていて長い。手首につけているこげ茶色の数珠のようなブレスレットが様になっている。

店内にいる客は三十代から六十代くらいの人が多く、若者は歩と新川くらいだ。周囲から浮いても不思議はないのに、新川は違和感なく馴染んでいる。

対して歩は中肉中背、顔はぎりぎりイケメン枠に入るか入らないかの瀬戸際だ。愛嬌《あいきょう》があって親しみやすいと言われたことはあっても、カッコイイと言われたことは一度もない。

「なんだ」

眉を寄せて問われて、あ、いや、と慌てて首を横に振る。

「付き合ってくれてありがとう」

「別に。聞きたいことがあるんだろ」

「あ、うん」

頷いてホットミルクを飲む。喫茶店に連れて来ておいて何だが、コーヒーは苦手なのだ。おまけに挙動不審なので、新川とは反対に浮いている。

「今朝、完全に声を消すには祓うのがいいって言ってただろ」

「ああ」

「祓う以外に方法はないのか？」

はあ？　と新川はきつく眉を寄せた。イケメンのしかめっ面は怖い。

「祓う以外にどうしようって言うんだ」

「だからそれを聞いてるんだけど」

「そんな方法、あるわけないだろ。声を消したいなら祓え」

新川は素っ気なく言った。

——やだ、やだ、こわいよう。

ふいに耳元で、子供のような女性のような高い声がして、歩は、びく、と肩を揺らした。

うわ、けっこうはっきり聞こえた！

今までは、こんな風に言葉を聞きとれたことは一度もなかった。

——こわい、こわいぃ……。

声は泣き出した。怯《おび》えている。不安そうだ。

「あの、えっと、怖くないよ。大丈夫だよ」

思わず囁《ささや》くと、おい、と新川に呼ばれた。

端整な面立ちは、険悪な表情に覆われている。

「あんまり直接話しかけるな。引っ張られるぞ」

「引っ張られるって？」

「彼岸《ひがん》へ連れて行かれる」

「ひがん？」

「あの世のことだ」

「ええっ、マジ？」

——やだ、やだよう……。

また声が聞こえて、歩は反射的に首を竦めた。

「どうした」

新川に訝《いぶか》しげな視線を向けられ、慌てて答える。

「え、あ、なんか、嫌だって言ってる……。泣いてるよ。俺に対する悪意はないみたいだし、引っ張るとかはないいんじゃね？」

「そいつにその気がなくても引っ張られるんだよ。どんなにかわいそうでも、その女は死んでる。死は穢《けが》れだ。穢れは生きてる者を弱らせる。防御の方法を会得しないまま、亡者と関わるのは本来タブーだ。それを犯してるんだから当然リスクはある」

新川が淡々と言う。

そっか、この声の人、もう亡くなってるんだ……。

もしかしたら歩も、同じ立場になっていたかもしれない。

「あのさ、言いたいことを聞いてあげたら、成仏するとかないかな。何かしてほしいことがあるんだったら、やってあげるし」

「だから関わるなって言ってるだろ。いちいち願望を叶《かな》えてたらきりがないぞ。だいたい、おまえに寄ってくるのはそいつだけじゃない。現に今も寄ってきてる」

「え、マジ？　悪いやつ？」

意味がないとわかっていながら、パタパタと両手で周りの空間を叩く。特に声が大きくなったり増えたりはしていないが、新川が言うからには本当なのだろう。

新川はため息をついた。冷めてしまったコーヒーに口をつける。

「執着なのか後悔なのか未練なのかはそれぞれだけど、いずれにしても理由があってこの世に留《とど》まってるんだから良いものとは言えない。これから先、そういうものの話を全部聞いてやるつもりか？　そいつがやり残したことが、誰かを傷つけたいとか、不幸になってほしいとか、そういう願い事だったらどうするつもりだ」

「そ、それはもちろん、できないことは断るよ。先のことはわかんないけど、とにかく今、ここにいる人の話は聞いてあげたっていいじゃん。好きでこんなになっちゃったわけじゃないんだし……、ずっと泣いてるし……」

先生に叱られている小学生の気分で、歩はぼそぼそと反論した。

新川は歩から、歩の隣に視線を移した。何が見えたのかわからないが、もう何度目かわからないため息を落とす。

「能天気な上にお人好《ひとよ》しか。けっこうやばい状況なのに自覚ないの、どうしようもないな」

「また悪口言った……」

「さっきも言ったけど悪口じゃない。事実だ」

顔をしかめたまま、新川はまたため息をついた。

「わかった。おまえの気が済むようにしろ」

「え、いいの？」

「俺がだめだって言っても話を聞いてやるつもりだろ。ただし、俺も聞くから、や、聞こえないけどその場にいるから」

「え、マジで？　一緒にいてくれんの？」

新川は苦虫を噛み潰したような顔で頷く。

反対に歩は頬を緩めた。「聞こえる」状態について、まだよくわかっていないのだ。新川が傍にいてくれるのなら心強い。

「ありがとう、助かる！」

素直に礼を言うと、新川は一瞬、目を丸くした。が、すぐに整った顔をしかめる。

「言っとくが、俺は本当に見えるだけだからな。祓えないから、何かあってもおまえを助けることはできない」

「でも、何も知らない俺よりは、いろいろ知ってるだろ」

「それはまあ……。もしマジでやばいことになったら、すぐ収斉さんのところへ行くから。いいな？」

念を押す新川に頷いてみせた歩は、残りのホットミルクを飲み干した。大きく息を吐き、腹に力を入れる。

「じゃあ、ちょっと話しかけてみる。えと、お名前は？」

――なまえ……、なまえ……？

「うん。あなたの名前」

——なまえ……、わたし、ホナミ……。

小さな声が片言で答えて、おお、と歩は思わず声をあげた。

新川が眉を寄せる。

「何だって?」

「名前、ホナミっていうんだって。ホナミさんだね」

——ホナミ、ホナミ。

思い出せて嬉しいのか、声が幾分か明るくなる。

ほら、やっぱり悪意なんかない。

「年はいくつ?」

——いくつ……?

「そう、年齢。覚えてる?」

——いくつ……、いくつ……。

くり返すばかりで答えない。この質問はだめらしい。

「あー、ホナミさん、どこに住んでたかわかるかな。おうちの住所、言える?」

——じゅうしょ……。

呟いたきり、声がやんだ。

これもだめか。

「じゃあさ、何でもいいから、覚えてることない？」

——なんでも……？

「うん、どんなことでもいいよ。話してくれたら嬉しい」

——……おこってた……。

「怒ってた？　誰が？」

——リョージ……。

「りょうじさんが、怒ってたんだね」

——おこってた……。わたし、あやまる……。あやまりたい……。

先ほど名前を聞いたときよりは、幾分かしっかりとした口調だった。

リョージという名前の男性に謝りたい。それが声の主、ホナミの望みらしい。

——なんで、わたし、なんで、こんな……。かえりたい……。こわいよう……。

「怖くないよ、大丈夫。無理しなくていいからね。ちょっとずつでいいから、思い出したことがあったら話してくれる？」

励ますように言うと、ふと視線を感じた。

新川はなぜか驚いたように切れ長の目を見開いている。

「え、何？　どうかした？」

「いや……、そういう風にナチュラルに会話する奴、今まで見たことないから」

「え、そうなんだ。やっぱり変？」

「変は変だけど、まあ、おまえが平気そうだから大丈夫だろ」

ほっとした歩は、改めてホナミの様子を窺《うかが》った。しゃくりあげて泣いている。

やっぱりかわいそうだ……。

「大丈夫だよ、ホナミさん。ゆっくりでいいからね」

できる限り優しい口調で言うと、ん、とホナミは応じてくれた。


「つまり、リョージって名前の男に謝ればよかったたっていう後悔と、事故の原因になった何かへの憎悪が、この世に留まらせてるってことか」

隣を歩く新川に、うんと歩は頷いた。正面から吹いて来た風が冷たくて、思わず肩を竦める。秋が深まると同時に日没も早くなり、辺りは既に夕暮れというよりも夜に近い。西の空にわずかにオレンジ色を残すのみである。

喫茶店を出たのは、ホナミの話を聞き終えた後だ。もっとも、泣き出した後はほとんど質問に答えてくれなかったのだが。

新川が正面にいてくれたおかげだろう、小さいながら相づちを打っても、奇異な目で見られることはなかった。

そのホナミの声は、今は聞こえてこない。

泣き止《や》んだんだったらいいんだけど……。

「ホナミさんを轢いた犯人を何かの方法で見つけて、そのリョージさんに会わせてあげればいいんだよな？」

「まあ、そうだろうな」

「でもホナミさん、犯人がどこの誰だかわからないみたい。あと、思い出せるのはリョージっていう名前だけで、苗字《みょうじ》は思い出せないみたいだな。名前がわからないと検索もかけられない」

ＳＮＳで検索すれば何かひっかかるだろうと思っていたが、そんな単純なものではなかったようだ。

ため息をつくと、なぜか新川もため息を落とした。

「何いきなり男の名前で検索しようとしてんだ。ホナミの正体を探る方が先だろ。とりあえずホナミっていう名前の被害者がいる事故を調べろよ。場所は十中八九、あの道路だ」

「あ、そっか！　なるほど」

歩は慌ててスマホを取り出した。

が、すぐに新川に軽く腕を引かれる。

「今日はもうやめておけ」

「え、なんで?」

「関わりすぎ」

「そんなことないだろ。三十分も話してなかったと思うけど」

「必要以上にあっちに共感してるのがまずい。今日はもう休め」

「ええー、大丈夫だよ」

顔をしかめて文句を言うと、新川ににらまれた。

「何を根拠に大丈夫って言ってんだ」

「それは、だって別に、しんどいわけじゃないし、痛いとか苦しいとかもないし」

「当たり前だ。いきなり悪寒がしたり苦しくなったりするのは、マジでやばいやつだから。だからって力は弱いやつだったとしても、接触し続けるのは良くない。ただでさえ事故に遭って怖い思いをした上に、一ヶ月も無防備に声を聞いてたんだ。おまえ自身も弱ってる。軽く考えない方がいい」

またしても先生に諭される小学生のような気分になった歩は、不満はありつつも、はいと素直に返事をした。よし、と新川は頷く。

よく考えてみるとすげえ親切だよな、新川って。

お守りをくれただけでなく、歩のわがままにも付き合ってくれる。しかも、事故に遭ったことも気遣ってくれた。

「あの、ありがとう」

歩きながら礼を言う。

新川は眉根を寄せた。

「何が」

「一緒にいてくれて話も聞いてくれて、お守りもくれて。つか、なんで付き合ってくれんの？　まさか、俺みたいに急に聞こえたり見えたりするようになっちゃった人を助けてやる係とか？」

「ああ？　係ってなんだ。なんで俺がそんなアホらしいボランティアをしなくちゃいけないんだよ」

じろりとにらまれて、歩は顎を引いた。声が聞こえるのも怖かったが、別の意味で怖い。

「でも、俺は助けてくれたじゃん」

怯みながらも言い返すと、新川はふいと視線をはずした。

「たまたまだ。だいたい、おまえみたいのがそんなにいるわけがないだろう」

「そうなんだ……」

歩は無意識のうちに自分の耳を触った。確かに、見えない者の声が聞こえるようになった人は周りにいないし、そういう人がいるという噂も一度も耳にしたことがない。

人に言いふらすようなことじゃないから、知らないだけかもしれないけれど。

「とにかく、今日はもう家に帰って、よく食ってよく寝て、調べるのは明日にしろ」

命令口調だったが、少しも嫌ではなかった。わかった、と素直に頷く。

「あ、新川、連絡先教えてほしいんだけど、メッセージアプリ何使ってる?」

「アプリは使ってない。電話とメールだけだ」

「え、なんで?」

「不特定多数とつながるから、SNSってか、ネット自体が苦手なんだよ。リアルとは違う悪意の溜《た》まり方をするらしくて、急にいろいろ画面に出てきてぎょっとすることが多い。ネットはここ三十年くらいで出てきた新しいツールだから、収斉さんもそっち方面のことはまだ把握できてないし、今のところは関わらないようにするしかない」

へー、そうなんだ、と歩は感心した。

新川は見えるから、視覚に入ってこられると辛いんだな。

見上げた新川の横顔は整っていて、作り物めいて見えた。いつも冷静で淡々としているが、慣れるまでは大変だったのではないか。

なぜか胸がぎゅっと痛んだ。負のざわめきがひっきりなしに聞こえていたときの辛さを思い出したせいかもしれない。

「じゃあ、電話番号とメールアドレス教えて」

敢《あ》えて明るい声で言うと、新川は眉を寄せて見下ろしてきた。

「いいけど。用もないのに連絡してくるなよ」

「えー、なんで、いいじゃん」

「俺はそんなに暇じゃない。用があるときだけにしろ」

素っ気ない物言いだ。

しかしきっと、歩が連絡したらちゃんと返事してくれるのだろう。

ホナミの声は、もうそれほど怖くはない。ただ、随分ましになったとはいえ、遠くでぶつぶつ呟く声は依然として聞こえている。

けど、新川と一緒にいるのはちょっと楽しい。


新川に言われた通り、その日はアパートの近くにある弁当屋で買った幕の内弁当を食べ、ゆっくり湯船に浸《つ》かった。

やはり食べられて、眠れるようになると違う。気力が湧いてくる。ふわふわと揺れていた体と心がしっかり安定した感じだ。

ホナミと話して疲れているかといえば、そうでもなかったが、歩は早々に布団に入ることにした。

スマホのタイマーをセットしていると、ふいにそのスマホが鳴った。音に敏感になっているのか、わ！　と声をあげてベッドに放り出してしまう。改めて画面を確認すると、母からの電話だった。慌てて通話ボタンをタップする。

「はい、もしもし！」

『歩？　お母さんです。今、電話してて大丈夫？』

「うん、大丈夫。もう寝るだけだから。何かあった？」

『何かって？』

「や、電話は珍しいから」

事故に遭って以降、一日に一度は家族からメッセージがくる。が、電話で話すことはほとんどなかった。

『こっちは皆元気よ。お父さんも健《たけし》も元気』

健は四つ年上の兄の名前だ。

『あんたこそ調子はどう？』

「あ、うん。だいぶいいよ」

『そうみたいね。声が元気だもん。よかった、安心した』

ほっと息をついた母に、申し訳ない気持ちになる。

事故はもちろんのこと事故の後も、両親は再検査を受ける歩に付き添ってくれた。歩は一人で大丈夫と言ったのだが、万が一何かあるといけないからと、わざわざ出向いてくれたのだ。母は心療内科にもついて来てくれたし、兄も新社会人として忙しいはずなのに、様子を見にきてくれた。

とにかく一度実家に帰ってこいと父に言われたが、断った。事故に遭って心配をかけた上に、重ねて負担をかけるのは気が引けたのだ。大学を休むことで社会から切り離されてしまうのでは、という恐怖心もあった。

「心配かけてごめん」

『そんなの気にしなくていいの。今、元気ならそれが一番。あ、でも、滋賀《しが》の祖父ちゃんと祖母ちゃんには電話しておきなさいね。心配してたから』

うん、と頷いた歩はベッドに腰かけた。

滋賀の祖父ちゃんと祖母ちゃんというのは、江戸時代から続く旅館を営んでいる母方の祖父母である。

両親は当初、父方の祖父母にも母方の祖父母にも、歩の事故のことは話さないでおこうとしたという。幸い軽傷で済んだので、余計な心配をかけまいとしたようだ。が、なぜか母方の祖父母の方から電話がかかってきて、歩に何かあったやろうと指摘されたらしい。虫の知らせだと言っていたそうだ。

そういえば幼い頃に不思議な声を聞いたのは、あの旅館の中でだった。

「あー、あのさ、俺が小さい頃、何回か祖父ちゃんちの旅館に泊まったじゃん。母屋じゃなくて客室の方」

『ああ、そんなこともあったね。あんたと健がどうしても泊まりたいって言ったから、一般客として部屋をとったんだった』

「俺、なんか変なこと言ってなかった?」

さりげなく尋ねたつもりだったが、やけに真剣な響きになってしまった。

しかし母はあっさりと答える。

『言ってた。誰かが内緒話してるけど、僕には全部聞こえちゃうとか』

「それ聞いて変だと思わなかった?」

『別に。あんた、もともと見えないお友達と話す子だったから』

「なんだそれ」

思いがけない言葉が出てきて、頓狂な声をあげてしまう。

母は快活に笑った。

『あんたがもっと小さい頃、二歳とか三歳の頃ね。一人でいるのに誰かとしゃべってんのよ。最初は独り言だと思ったんだけど、拙いなりに会話してるわけ。ずっと続くようならかかりつけのお医者さんにでも相談するつもりだったんだけど、幼稚園を卒園するくらいでなくなったから、大丈夫だと思って。小さい子供にはときどきあることみたいだし、その後も特に変わった様子はなかったしね』

へー、と歩は間の抜けた相づちを打った。誰かと「会話」したことは全く記憶になかった。もともと俺は「聞こえる」力に近い何かを持ってたのかも……。

物心がついて衰えたその力が、事故によって復活したのだろうか。

『ほんと、元気そうでよかったわ。じゃ、また連絡するから。あんたも困ったことがあったらすぐに連絡するのよ』

「あ、うん。わかった。ありがとう。トーチャンと兄ちゃんによろしく」

『ん。じゃあね』

通話を切った歩はため息をついた。

今の話、新川に言った方がいいかな。

手に持ったままだったスマホを操作して、メールの画面を表示する。が、歩はそこで手を止めた。

でも、どうせなら直接話したい。

顔を見て話して、新川がどんな反応をするか見たい。

驚くだろうか。やっぱりな、と納得するか。それとも、歩が知らない顔をするか。

想像するだけでなんだか楽しくてドキドキして、歩は頬を緩めた。

——でんわ、おかあさん？

ふいに耳元で声がして、うわ！　と声をあげてしまう。

そうだった。見えないだけで、ホナミさんがいるんだった。

「そう、カーチャン。俺が事故に遭ってから、心配して電話かけてくれるんだ」

——しんぱい……。

どこか悲しげな物言いに、うんと頷く。もしかしたら自分の家族のことを思い出したのかもしれない。

新川には直接話すなと言われたが、少しくらいならいいだろう。

「ホナミさんがどこの誰かわかったら、ご家族のこともわかると思うんだ。ホナミさんが会いたいんだったら、お母さんに会いに行こう」

ゆっくりと優しい口調で言うと、うん、と頷く声が聞こえた。

——いく。会いたい。

おお、会話がちゃんと成立したぞ。

喫茶店で話をしたときよりも、意志の力をはっきり感じる。

「明日、ホナミさんの事故のこと調べるから、ちょっと待っててな。明日に備えて、今日はもう寝るよ」

言いながらスマホをベッドヘッドに置き、歩は改めてベッドに入った。掛け布団を引っ張り上げる。

「ホナミさんも寝るのかどうかわかんないけど、おやすみ。また明日」

――おやすみ。また明日ね。

ちゃんと返してくれたことに、歩は驚いた。ホナミが一人の女の子に戻ってきている気がして嬉しい。

このことも明日、新川に話そう。


「これだな……」

スマホの画面に表示されたのは、二年前の交通事故の記事である。地方版の記事の中でも、ごく小さな扱いだ。

九月二十六日、二十一時頃、自転車で道を横断していたところ、乗用車に轢き逃げされたらしい。乗用車は逃走中。被害者の二十三歳の女性は意識不明の重体とある。

他社の記事も探すと、名前が載っていた。門倉帆波《かどくらほなみ》。それが彼女の名前だ。

二十七日以降、この交通事故に関する記事はなかったものの、ホナミの弟のＳＮＳは見つかった。彼はSNS上で、姉の事故の目撃者を捜していた。犯人はまだ捕まっていないらしい。

事故現場は幹線道路にあるハンバーガーのチェーン店の近くだった。歩が歩道で見つけた事故の目撃情報を求める看板は、ホナミの事故に関する物だったようだ。

すげえ怖かったけど、もう一回あの場所へ行ってみたら何かわかるかも。

──私の名前、門倉帆波っていうんだ……。

呟くような声がはっきりと聞こえた。

凄い。昨日より更にちゃんとしゃべってる。

「あの、ホナミさんじゃなくて、門倉さんって呼んだ方がいい？」

遠慮がちに問うと、くす、と小さく笑う声がした。

──いいよ、ホナミさんで。もう二年も経《た》ってるんだね。

無言で頷いたのは、周囲に何人か学生がいるせいだ。

教授の都合で一限が急に休講になったので、ソファがランダムに設置された広い休憩スペースにやって来た。

今日は朝からごく細い雨が降っていて肌寒い。外で寛《くつろ》ぐわけにはいかないため、他にも学生がたむろしている。

ちなみに新川は別の講義をとっているので、ここにはいない。

「辻内、おはよーす」

声をかけられて振り返ると、同じサークルの男子学生、太田《おおた》と、語学の授業で一緒の女子学生、湯本《ゆもと》が歩み寄ってきた。二人はおはようと応じた歩の右隣に、並んで腰を下ろす。

「休講にするんだったら、もっと早く言ってほしいよねえ」

「わかってたら寝坊できたのに」

この二人も同じ講義をとっていたので、ソファが置いてあるロビーにやって来たらしい。

「辻内、今日は顔色いいじゃん。元気になってきたみたいでよかったね」

「事故の後、ずっと青い顔してたから心配してたんだぞ。運動しても大丈夫なのか？ 後遺症とかないの？」

湯本と太田に口々に声をかけられ、うんと頷く。

「全然平気。日常でやっちゃいけないことってないし、気を付けることもないんだ。前と同じように生活していいって言われたから」

「そっか。よかったな！ すぐには無理でもまたサークル来いよ。皆待ってるから」

「うん、ありがとう」

皆待ってる、というのは大袈裟だと思ったが、心配してくれていたことが素直に嬉しくて礼を言う。

とはいえ本当は大丈夫ではない。事故に遭う前とは、世界がまるで違ってしまった。

しかし昨夜は熟睡とは言えないものの、そこそこ眠れた。今朝も食パンとインスタントのスープを食べることができた。スマホでホナミのことを調べる前に、コンビニで買ったチョコ菓子も食べた。食欲は確実に戻ってきている。

お守りと新川のおかげだ。

あと、ホナミさんも。

新川が亡者と関わると弱ると言ったせいか、なるべく話さないようにしてくれているのがわかる。思いやりのある人だ。やはり願いを叶えてあげたい。

「そういえば、最近よく新川君と一緒にいるけど、前から仲良かったっけ？」

湯本に興味津々の目を向けられ、ああ、うん、と歩は言葉を濁した。

「仲良くっていうか……、まあ、仲良いかな」

「どういう繋《つな》がり？」

「んー、なんか、俺が困ってるときに助けてくれて、それから仲良くなったっていうか」

へえ、と湯本と太田は顔を見合わせた。

「新川って、だいたい一人でいるだろ。すげえクールで男も女も寄りつかせない感じだけど、いい奴なんだな」

歩はジャケットのポケットに入れたお守りを握った。すっかり馴染んだ感触が安心感を与えてくれる。

「いい奴だよ。口は悪いけど」

「そうなんだ。まあボッチでも口悪くてもモテそうだよなあ。めちゃくちゃイケメンだもんな」

若干妬みが入った物言いをした太田の肩を、湯本がバシンと叩く。

「モテそう、じゃなくてモテるの！　うちの大学だけじゃなくて、他大学でもけっこう有名だよ。ただ、合コンに誘っても絶対来てくれないし、勇気出してコクっても、興味ないの丸わかりの冷たい態度で断られるしで、男版高嶺《たかね》の花になっちゃってるけど」

新川、そんなモテるんだ……。

モテるだろうとは思っていたが、想像以上だ。なぜか心臓がバクバクと騒ぎ出す。

「で、湯本は新川にコクったのか」

「私はコクってないよ、恐れ多い。今のは友達から聞いた話。この辺りで自分に自信のある女子は、大抵コクってんじゃない？　この前、情報コミュの須崎《すざき》さんもコクってたし」

え、と歩は思わず声をあげた。

情報コミュニケーション学部の須崎は、複数の芸能事務所にスカウトされたとか、三人から同時に告白されていたとか、何かと噂のあるロングヘアの美人だ。他学部だが、歩も名前と顔くらいは知っている。

須崎に憧れていたのか、太田はショックを受けたらしい。眉を八の字に寄せる。

「須崎さんが新川に……。つか、なんでそんなこと知ってるんだ」

「講義終わって、教室にまああの人数が残ってるときにコクってたからね」

「し、新川は何て？」

つまり気味に尋ねると、湯本は温《ぬる》い笑みを浮かべた。

「何？　辻内も須崎さんのファン？」

「えっ、や、そうじゃなくて。ほら、あの、新川と喋ってるときに、何かの拍子に話題に出るかもしれないから、どうなったか知ってた方がいいと思って」

言い訳にしては稚拙だったが、湯本はにやにやと笑いつつ答えてくれる。

「新川君、きっぱり断ってたよ。須崎さん、ＯＫされる前提でコクったみたいで呆然《ぼうぜん》としてた」

「そっか……」

思わず安堵の息をついた歩は、直後に眉根を寄せた。

なんで俺はほっとしてんだ……。

新川が告白を断ったから？

新川はもともと、ホナミの願いを叶えることに反対のようだった。恋人ができたら彼女に時間を割くだろうから、余計に付き合ってくれなくなるかもしれない。

もちろん、歩一人で動いてもかまわない。もともと新川が親切で助けてくれただけで、本来は歩と全く関わりのない人なのだ。しかし、いなくなるのは困る。

ホナミのこともあるが、何より新川の傍《そば》は居心地が良い。

あ、でも、普通にカノジョがいるから断っただけかも。

歩が新川を知っていたのも、端整な容姿で有名だったからだ。恋人の一人や二人、いてもおかしくない。

「あの、新川、何て言って断ってた？　カノジョがいるから付き合えない、とか？」

恐る恐る尋ねると、湯本は首を横に振った。

「そういうの面倒だからって言ってた」

よかった。カノジョがいるわけじゃないんだ……。

またしてもほっとしていると、うう、と太田がうなった。

「いくらイケメンでもその言い方はないだろ」

「けっこうトゲのある言い方だよね。でもそういうとこもまたカッコイイんだよな……」

「なんだ湯本、Mなのか」

「違う。でも新川君にだったら、ちょっと意地悪言われてみたいなー、とは思うかも」

「やっぱりMじゃねえか」

「違うって言ってんでしょ」

なんだかんだで息がぴったりの二人のやりとりに笑いながら、歩は内心でため息を落とした。

面倒、か。

新川が言いそうなことだ。

なんかすげえほっとしたけど、腹立つ……。


呻《うめ》き声や叫び声、泣き声が一塊になって耳に迫ってきて、歩は顔をしかめた。

以前は四六時中聞こえていたざわめきが、再び聴覚を占拠する。

「だから言っただろ、来なくていいって」

あきれた視線を向けてきた新川《しんかわ》に、歩《あゆむ》は眉を寄せた。

「またこんなに聞こえるとは思わなくて。三日前に来たときは、お守りのおかげでけっこう平気だったのに」

「おまえに話を聞いてもらえるってわかったから、寄って来てるんだろ」

「ええ、何それ、怖い……。俺が聞こえるって、どこからそんな情報まわってんだ……」

思わずコートのポケットに入れておいたお守りを握りしめる。

金曜日の今日——新川が須崎《すざき》をふったことを聞いた日から二日後、新川と共にやってきたのは、ホナミが事故に遭った場所だ。前に来たときと同様、目撃情報を募る看板が立てられている。

夕方だからだろう、幹線道路には帰宅を急ぐ車がひっきりなしに往来していた。歩いている人は少ないが、自転車やバイクはかなり通っている。歩自身も、ここから五分ほど歩いた交差点で事故に遭った。

「情報っていうより、一目瞭然だからだろ」

新川は歩の背後を見つめた。

見えないとわかっていながら、振り返ってしまう。

「何？　何かいる？」

「いるかいないかで言えば、ずっといる。ただ、黒い霧みたいのは薄れてきてるし、輪郭がはっきりしてきてるからな。顔立ちはまだよく見えないけど、セミロングの若い女性だってことはすぐわかるよ。おまえが言うホナミさんだろ」

ホナミが答える声が聞こえた。

——そうだよ。

おお、新川とも会話してる。

声もますます普通の女の子のような、リアルなものになっている。

今朝もごく普通に、おはようと挨拶したり、良い天気だねと話したりした。姿が見えないだけで、リアルな友達との会話と何も変わらない。

「ホナミさん、前と違ってすげえ普通にしゃべってくれるんだよ。それって黒い霧みたいのが薄れてるのと関係ある?」

「あるだろうな。黒い霧が晴れて、一個人の意志を取り戻しつつあるんだろう」

「それって、やっぱりお守りのおかげ?」

さあ、わからん、と新川は顔をしかめた。

「こういうケースは聞いたことがない。お守りは本来、マジでやばいのを近付けないようにするものだから、小さくて弱いやつは見逃される。だから黒い霧が晴れるとは思わなかった」

「ええっ、逆じゃない? お守りの力が強かったら、小さかったり弱かったりするやつは寄ってこれないんじゃないの?」

「相手が臨界点に達して初めて反応するんだ。人間が毒物をとり込んでも、微量だと反応しなかったりするだろ。毒によっては反応したとしても、ある程度の量がないと症状はほとんど出ない。それと同じだ」

「んー、わかったような、わかんないような……」

首を傾《かし》げていると、新川がこちらを見下ろしてきた。

「おまえは大丈夫なのか? 無理してないか」

歩は瞬《まばた》きをした。

不思議だ。不穏なざわめきが聴覚を埋めているのに、先ほどから新川の声はまっすぐ届く。それに三日前にはまざまざと感じた禍々《まがまが》しい気配を、今日はほとんど感じない。足が重くなっ

お願い

たりもしない。

　新川が一緒にいるからだろうか。

「俺は大丈夫。無理なんかしてない。なんで？」

「なんでって、この近くで事故に遭ったんだろ。怖いとか気分が悪いとかないのか？」

「ああ、うん。それは平気みたい」

　歩は自分の頬が緩むのを感じて、慌てて引きしめた。

　新川はやっぱり優しい。

　放課後、歩は新川にホナミの交通事故の記事を見せた。現場に行きたいと言うと、新川は嫌そうな顔をした。

　素性が知れたんだから事故現場へ行く必要はない、と言われたが、でも現場に行かないとわからないこともあるかもだから、と主張した。

　新川は不承不承折れてくれた。そして二人で自転車に乗ってここまで来た。今考えると、事故現場へ行く必要がないと言ったのは、歩を慮《おもんぱか》ってくれたせいかもしれない。

「ただ、大学とかうちのアパートに比べて、なんか声の数っていうか、ざわめきの大きさが半端ないんだけど……」

「この道は、元は旧街道だからな」

「きゅうかいどう？」

「江戸時代からある道」

「ああ、東海道中膝栗毛《ひざくりげ》とか、そういうの？」

「膝栗毛は余計だ。東海道は江戸を起点とした五街道のうちのひとつだ。残り四つは中山道《なかせんどう》、奥州《おうしゅう》街道、甲州《こうしゅう》街道、日光《にっこう》街道」

「祖父《じい》ちゃんと祖母《ばあ》ちゃんの旅館、中山道沿いにあるよ！　江戸時代から続いてるんだって」

興奮気味になってしまったのは、昨日、祖父母と電話で話したばかりだからだ。

元気やったらええんや、忙しいのに電話さしてごめんなあ、と申し訳なさそうに謝る祖母に、こっちこそ心配かけてごめんと謝った。祖母が祖父に電話をかわってくれたので、祖父とも少し話をした。旅館についてさりげなく尋ねると、江戸時代のことを教えてくれたのだ。

興味が湧いたのか、新川が尋ねてくる。

「子供の頃に、変な声を聞いたような気がするって言ってた旅館か？」

「うん。その旅館」

「なるほどな。旧《ふる》い道には、そこを通った人間のいろんな感情が降り積もってる。特に車とか汽車がなかった時代はほとんどの人が自分の足で歩いてたから、道に残される率が高い。百年以上続く旅館も同じだ。だからおまえに声が聞こえたのかもしれない」

「そうなんだ……」

歩は素直に感心した。

何でもよく知ってるなあ。

新川は見えることで様々な経験をしてきたのだろう。恐らく良いことはほとんどなくて、悪いことの方が多かったのだと思う。

そういえば新川は、いつから見えているのか。

「そのホナミって人は、この世に未練だか後悔だかがあったせいで、道に積もってた負の感情がとりついたんだろうな」

呟《つぶや》くように言って、新川は辺りを見まわした。日は既に落ち、薄暮に包まれている。いわゆる逢魔時《おうまがとき》だ。新川の顔がはっきり見えなくて、なんとなく不安になる。

そろそろと近寄ると、新川は改めて看板を見上げた。

「犯人、まだ捕まってないんだな」

「うん……」

歩もつられて看板を見上げた。

自分を酷《ひど》い目に遭わせた人間が逮捕もされず、二年ものうのうと暮らしているなんて、許せるはずがない。ホナミの力になりたいと改めて思う。

耳に入ってくる様々な声の中、歩はホナミの声を捜した。

しかし既に聞き慣れた彼女の声は見つけられない。

「ホナミさん？」

恐る恐る呼ぶと、何、とぶっきらぼうな返事が聞こえた。ちゃんと「ホナミ」の声だ。我知らずほっと息をつく。

「大丈夫？」

——大丈夫だよ。

「ほんとに？」

——ほんと。

小声でやりとりをしていると、新川ににらまれた。その視線にはあきれも含まれている。

そういえば、あまり話すなと言われていた。

しかし話さなければ前に進めない。

ぐっと顔を上げて見返すと、新川はため息を落とした。

「思い出せたことはあるか、聞いてみろ」

「あ、うん、わかった」

歩が尋ねる前に、ホナミ自身が答える。

——白いワンボックスカーだったのは間違いないよ。

「え、そうなんだ！　ナンバーわかる？」

——そこまではわかんない。ただ、運転してたのは、三十代前半くらいの男だった。

「マジか！　顔の特徴とかわかる？」

——髪は短かった。なんかサラリーマンぽい感じ……。あと、ちょっと太ってたと思う。

「じゃあ他に何か……。背の高さは、さすがにわかんないか」

——うん……。

おい！　と強めに呼ばれ、歩はハッとして新川を振り返った。街灯に照らされたせいで、眉間に深い皺《しわ》が寄っているのがはっきりと見える。

「ナチュラルに会話をするな」

「あ、そうだった。ごめん。でもホナミさん、自分を轢《ひ》いたのは白いワンボックスカーで、運転してたのは三十代前半くらいの男だったって言ってる。ちょっと太めで髪は短かったって」

「ワンボックスカーに乗ってる三十代前半で短髪の小太りの男が、この近隣だけでも何人いると思ってんだ。今、パッと見ただけでもいるぞ」

目の前の通りを次々に走り去る車は、既にライトを灯《とも》していた。

ちょうど白いワンボックスカーが通りすぎる。運転していたのは三十代くらいの男性だった。

またワンボックスカーが通ったが、運転席にいたのは女性だった。

「もっと個人を特定できる特徴を思い出さないと、目撃者として警察に連絡することもできない」

——そんなの、私だって見たのは一瞬だったんだから、わかるわけないじゃん……。

「うん、確かに。そんなのわかるわけないじゃん」

しょんぼりしたホナミに味方すると、新川は歩と、歩の背後を交互に見た。歩には見えないのでわからないが、恐らくホナミは新川をにらんでいる。

新川は小さく舌打ちした。

「じゃあ、わざわざ来た意味がないだろ」

「そんなことないよ。男だってわかっただけでも収穫だろ。あ、SNSで改めて情報拡散したらいいかも。看板見て何か思い出す人もいるかもしれないし！　どう思う？」

「俺はSNSのことはよくわかんねえから、何とも言えない。でも不特定多数が見るのはいいんじゃないか？」

「弟さんにDM送って、看板の写真をあげていいか聞いてみる！」

新川が頷《うなず》いてくれたので、歩は早速スマホを取り出した。何枚か看板の写真を撮る。ホナミの弟が許可してくれたら、情報を集めてます。よろしくお願いします、と文章を添えて投稿しよう。

何か反応があればラッキーってことで。

──みた、みたよ、みた。

ふいにホナミの声とは違う幼い声が聞こえてきて、歩は驚いた。

「え、ほんと？　車の前と後ろに数字が書かれたプレートがついてたはずだけど、その数字、覚えてない？」

なんとなく小さな子供に対する口調で尋ねると、また高い声が聞こえた。

――すうじ、すうじ、いーち、にーぃ、さーん、しーぃ、ごーお、ろーく、なーな、はーち。

高く澄んだ声が次第に低くなり、ひび割れる。

「おいコラ、散れ！」

新川が歩の肩の辺りを、数珠をつけた手で払う。

くすくすくす、と耳元で笑う声がした。まだ何か言っているようだったが、ざわめきに紛れてよく聞こえない。

背筋がゾッと震えた。

「うわっ、今の何？　も、もしかして祓《はら》ってくれた？」

新川を見上げると、彼は苦虫を嚙《か》み潰したような顔になった。

「祓ってない。祓えないって言っただろ。追い払っただけだ」

「え、祓うのと追い払うのは同じじゃないの？」

「違う。追い払っただけだから、まだ近くにいる」

「マジで？」

見えないことが怖くて、歩は思わず新川の腕にしがみついた。

新川は一瞬怯《ひる》んだようだが、振り払おうとはしない。歩をくっつけたまま、再び追い払う仕《し》種《ぐさ》をする。

「寄るな、散れ」

ざわざわざわ、と何かが蠢《うごめ》く気配がした。

またしても寒気がして、新川の腕をつかむ手に力をこめる。

「ん……？」

新川がふいに小さく声をあげた。不思議そうに首を傾げる。

「ど、どうした？　大丈夫か？」

「大丈夫は大丈夫だ」

「何その言い方。怖いんだけど。大丈夫じゃないのか？」

「大丈夫だって。なんでかわかんねえけど、さっき数字を読み上げたやつが消えただけだから」

「え、マジ？　よかった。ありがとう！」

礼を言うと同時に、きゅるる、と腹が鳴った。

切れ長の目を見開いた新川と、近い距離で視線が合う。

カアッと頬が熱くなって、歩はへへへとごまかし笑いをした。

「腹減ったかも……」

「かもじゃねえ。減ってるだろ。まあ、この状況でも腹が減るのはいいことだ」

新川は目を細めて優しく笑った。

その目許《めもと》にうっすらとした影を見つけて、ハッとする。

歩には見えないが、新川には見えるのだ。

人の形。黒い霧。肉の塊。

以前、何が見えているのかという問いに、新川はそう答えた。

「新川、ごめん！」

引き締まった体から飛んで離れた歩は、勢いよく頭を下げた。額の辺りに新川の視線を感じる。

「ごめんって何が」

「俺、考えなしだった。新川、見える人なのに、ここへ来てどう感じるかとか、考えてなかった。自分のことで頭がいっぱいだった。ほんとごめん」

うつむいたまま言葉を重ねる。

新川は沈黙した。

あきれられただろうか。それとも、自分勝手な歩が嫌になった？

全身を硬くしていると、ため息の音が聞こえてきた。

「おまえが自分のことでいっぱいいっぱいなのは当たり前だろう。事故に遭って怖い思いして、しかも急に変な声が聞こえるようになって。パニックになって当然だし、周りが見えなくなるのも当然だ。原因を探ろうとして、あちこち病院にも行ったんだろ。どこへ行っても異常はなくて、最終的に心の問題だとか言われたんじゃないか?」

「うん、それは、そうだけど……。でも、そんなの、言い訳にならない……」

ぼそぼそ言うと、頭にぽんと冷たい掌《てのひら》が載せられた。

「気にすんな。俺が自分でおまえに関わるって決めたんだ。おまえの気持ち、少しはわかるから」

頭を軽く撫《な》でられて、恐る恐る顔を上げる。

新川はどこか寂しいような笑みを浮かべてこちらを見ていた。

ぎゅ、と胸が痛くなる。

なんでそんな顔するんだ。新川には、さっきみたいな優しい笑い方をしてほしい。

「じゃ、じゃあ、気にしない。でも、あの、ほんとに、ありがとう」

礼を言いつつも頭を下げなかったのは、頭に載せられたままの手が離れてしまうのが惜しかったからだ。

新川はうんと静かに頷いた。

先ほど痛んだ胸がじんと熱くなる。

「あのさ、牛丼テイクアウトして、うちで食べないか?　大学から自転車で十五分くらいのとこにあるアパートなんだけど」

「行っていいのか」

こくこくと何度も大きく頷く。

新川の的確なアドバイスのおかげで安心できるのは事実だが、それだけではない。

単純に、新川と一緒にいたかった。友達は多い方だが、こんな気持ちになったのは初めてだ。なんでだろ。

「ただ、あの、何のオモテナシもできませんが、ぜひ」

「なんで敬語だ」

歩のぎこちない誘いに、新川の端整な面立ちから今度こそ寂しい影が消えた。切れ長の目が優しく細められる。

「じゃあ、邪魔する。牛丼いいな」

「牛丼好き?」

「嫌いな奴《やつ》は滅多にいないだろ。学食でもたまに食べる」

「俺も! 学食の牛丼も旨《うま》いよな」

他愛ない話をしながら、歩道の端に停《と》めておいた自転車に歩み寄る。

耳に届く不穏なざわめきは、いつのまにか気にならなくなっていた。

牛丼をテイクアウトし、自転車に乗ること約十五分。歩はアパートのドアの前で固まった。

やばい。掃除してない。

新川にお守りをもらってからは、食べられるようになったし、眠れるようにもなった。が、その前の一ヶ月の間、サボりにサボっていた掃除はおざなりにしかしていない。自分一人が生活する分にはいいが、客を招くレベルには達していない気がする。

つか、新川にお守りもらってから、まだ一週間くらいしか経《た》ってないんだな……。

もっと前から一緒にいる気がする。

「どうした」

突然動かなくなった歩に、新川が不審そうに問う。

「や、あの、ここまで来てもらっといて申し訳ないんだけど、部屋、そんなきれいじゃないから……」

ぼそぼそと言うと、新川は鼻で笑った。

「なんだ、そんなことか。安心しろ、最初からおまえの部屋がきれいに掃除してあるとは思ってない」

「おまえの俺のイメージってどんなだよ……」

「雑」

「え、そんだけ？」

「大雑把」

「なんだそれ、雑とほとんど同じだろ。もー、後で文句言うなよ」

歩はドアを開け、先に中へ入った。明かりをつけて、どうぞと新川を促す。

新川はお邪魔しますと律儀に断って入ってきた。彼が靴を脱いでいる隙に、急いでローテーブルに散らばっていた菓子の箱をゴミ箱へ入れ、パソコンを棚へ移す。ベッドの上に放置していた洗濯済みの衣類を端へ寄せる。

新川はぐるりと部屋を見まわした。

「けっこうきれいにしてるじゃん。思ったよりひどくない。ゴミも溜《た》まってないし。俺んちもこんなもんだよ」

「おまえなあ。どんだけ汚部屋だと思ってたんだ」

ローテーブルに牛丼が入った袋を置いた歩は、すぐ隣のキッチンへ向かった。ペットボトルのお茶を手に振り返る。

新川はローテーブルの前に胡坐《あぐら》をかいていた。綿のパンツに包まれた長い脚が、窮屈そうに折り畳まれている。

なんか、新川が自分ちにいるの不思議だ。

照れくさいような、そわそわするような心持ちでコップに茶を注ぐ。

その間に、新川が牛丼を袋から取り出した。たちまち食欲をそそる香りがふわりと漂う。

「いい匂い！　俺、ちょっと豚丼と迷ったんだよな。でもやっぱり牛丼にしてよかった」

「豚丼も旨いけどな。今度は豚丼買うか」

「うん、次はそうする」

何の変哲もないやりとりが、なぜか妙にくすぐったい。

なんだこれ、と内心で首を傾げながらナプキンで手を拭い、二人そろっていただきますと手を合わせた。そして牛丼を頬張る。

「旨い！」

「うん、旨い」

頷いた新川の右手に、ふと目がとまった。骨っぽい手首につけられているのは、こげ茶色の数珠だ。

「ずっとそれつけてるけど、ファッションじゃないよな。お守りみたいなもん？」

「うん？　ああ、これか」

新川は左手で数珠を軽く撫でた。

「俺にとってのお守りだ。前に言ってた収斉《しゅうさい》さんにもらった。年に一回メンテに出すんだけど、その間はおまえにやったお守りで代用してる」

「じゃあお守り、早く返さないと」

「いいよ、そのまま持ってろ。最初におまえに渡したやつもあるし、また別のをもらうから。

つか、ほんとはおまえ用に作ってもらうのが一番いいんだけどな」

「俺用って、そんなのできるんだ」

「ああ。おまえに合わせて作ってくれるから効果があるし、今よりもっと楽になると思う。でもその場合、おまえ自身が寺に行かないとだめなんだけど」

「それは、まだちょっと……」

口ごもると、新川は小さく笑った。

「気持ちはわかる。俺も最初に連れてかれたときは怖かったからな。おまえに声かけようって思ったのも、すげえ数の悪いものがくっついてたのもあるけど、なんとなく子供の頃の自分に似てる感じがしたからだ」

「似てる感じって？」

「怯《おび》えて縮こまってただろ」

「ああ、うん……」

新川に声をかけてもらうまでの一ヶ月の間は、本当に怖かったし不安だった。思い出すだけでも辛《つら》い。

「今までは何を見ても関わろうとは思わなかったんだ。関わっても俺には祓えないからな。この見える力のせいで誤解されたり悪口言われたり、今までろくなことがなかったから、とにかく人と関わりたくなかった」

だから新川は一人でいることが多かったのだ。彼の孤独を思うと、胸が痛む。

一旦言葉を切った新川は、グラスのお茶を一口飲んだ。そして改めて歩に視線を向ける。

「でも、おまえの様子を見てて、見えてないけど聞こえてはいるんだろうなって思ったら放っておけなくて」

「そうだったんだ……。あの、ありがとう」

礼を言った声がわずかに震えた。

聞こえないが見える苦しさを知っているから、聞こえるが見えない苦しさを慮ってくれたのだ。おかげでこうしてヘッドフォンなしで暮らせているし、食事もとれているし、眠れてもいる。

子供の頃の自分に似てる気がした、と新川は言った。いったい、いつから見えているのだろう。

「新川が初めてお寺に行ったのっていつ?」

「小二のとき」

こともなげに答えた新川に、えっ、と歩は声をあげた。

「小二って、そんな前から見えてたのか?」

「生まれてからずっとだ」

「ええ、それは……、大変だっただろ」

新川は今まで、見えたものを詳細に語ったことがない。黒い霧とか肉の塊とか、どちらかといえば抽象的な表現だったと思う。

本当はきっと、凄《すご》く怖いものとか、不気味なものをいっぱい見てるはずだ。

しかし口にはしない。周りを――今は歩を怯えさせないようにしている。

その思いやりに、じんと胸が熱くなった。

「俺の場合は、おまえとは違う意味で大変だったな。生まれたときから普通に見えてるもんだから、俺だけに見えてて、周りには見えてないのがわからなくて、見えたものそのままを口に出してた。はっきり見えてるんだから当たり前だけど、かなり具体的な描写になって。そしたら母が怖がるようになった。何かの病気だと思ったらしくて、幼稚園のときは何度も病院に通ったよ」

淡々とした口調だが、告げられた内容は壮絶だ。母親に怖がられるなんて、小さい子供には相当ショックではないだろうか。

歩は思わず箸を置いた。かつかつと牛丼を食べている新川を見遣《みや》る。整った面立ちには、これといって感情は浮かんでいない。

「ガチで大変だったんだな……」

遠慮がちに言うと、新川はちらとこちらを見た。

「だから大変だったたって言っただろ。幼稚園の友達とか先生にも怖がられて遠巻きにされた。

そのうちに、父が大叔父——収斉さんのところへ行く決心をしたんだ。収斉さんに連絡をとって、寺に連れてってくれた」

「お父さんは理解してくれたんだ？」

「父は子供の頃から、親戚経由でいろいろ聞かされてたらしいからな。まさか自分の息子がそうだとは想像してなかったみたいだけど、ある程度耐性があったんだろう」

ふうん、と歩は相づちを打った。

新川のお母さんはどう思ったのかな。

何らかの病だと思って病院を梯子《はしご》した人が、素直に人外を見る力を認められただろうか。歩は自分が聞こえるようになったから、新川が見えることもすんなり受け入れられた。が、何も変化がなければ一笑に付したかもしれない。

うちのカーチャンだったらどうだろう。

歩が事故に遭ったと聞いて、父と共にすっ飛んできた母は、何事もなかったかのように立ち歩いている歩を見て、へなへなとその場に座り込んだ。かと思うと、もー！　あんたは！　心配させて！　とぶりぶり怒り出した。父がまあまあと宥《なだ》めると、今度は泣き出した。賑《にぎ》やかで明るい母らしい反応だったと思う。

今、人外の声が聞こえることを打ち明けたらどうなるかすら予想できないのに、子供の頃に能力が発覚したら、なんてますます想像できない。

「俺的には、なんで見えるのかがわかってほっとした。収斉さんの話を聞いて、納得したっていうか。まあでも、それから後は後で大変だったんだけど」

「え、何があったんだ」

「俺くらいはっきり見える奴は珍しいらしくて、見込みがあるって言われた。それでしばらくの間寺に通って、試験っていうか修行っていうか、いろいろさせられたよ。それで結局、見えるけど祓えないってわかった」

「そうなんだ……」

見えるけれど祓えない。

それが親戚の僧侶をはじめとする寺の人たちにとって、どういう意味を持つのか、やはり歩にはわからなかった。

ともあれ、子供だった新川にとっては、良い経験とは言えなかったのではないか。

だって、全然懐かしむような感じじゃない。

むしろ思い出したくない、不快な記憶なのかもしれない。

「えと、あの、お疲れ様」

ペコリと頭を下げると、新川は切れ長の目を丸くした。歩をまじまじと見つめた後、ふ、とおもしろがるように笑う。

ドキ、と心臓が鳴った。

うわ、すげえいい顔。

「お疲れ様って言われたのは初めてだ」

「や、だって、今ならともかく子供の頃だろ。試験とか修行って言うからには、楽しいものだったとは思えないし」

「確かに楽しくはなかったな。嫌な大人もいたし」

一度言葉を切った新川は、苦々しげに顔を歪《ゆが》めた。

「俺自身、なんでこんな変な力があるんだって、凄く嫌になった。まだ祓う能力があれば、見えてるやつを祓って消すこともできるんだろうけど、それもできない。ほんとに、ただ見えてるだけなんだ。そんな力、意味ないだろ。だからって力をなくすこともできないし」

理不尽に対する怒りとあきらめが、低い声の端々に滲《にじ》んでいた。キリキリと胸が痛む。

新川は、見える力なんかいらないって思ってきたんだな……。

歩も、もし新川がいてくれなかったら、聞こえる力なんていらないと思っただろう。それ以前に、それが特殊な「力」だと認識できなかったはずだ。

「でも、俺は新川がいてくれてよかったよ」

「見えるだけで祓えないのにか？」

自嘲する物言いに、うんと頷く。

「いきなり祓うとか言われたら、逆にびびる自信あるし。見る力があるとかないとかは関係ない。自分のお守りくれて、一緒にいてくれて、すげえ心強い。ありがとな」

心から礼を言うと、新川は虚を突かれたような顔をした。なぜかばつが悪そうに視線をそらす。

「……別に、たいしたことはしてない」

「してるよ。すげえ助かってる」

「わかったから黙って食え」

「なんでだよ。会話を楽しもうよ」

「うるせえ」

不機嫌な声で言われたが、少しも怖くない。

歩は我知らず頬を緩めつつ牛丼を食べた。新川も残りの牛丼をかき込む。いただきますを言ったときと同じように、二人そろって、ごちそうさまでしたと手を合わせた。

空になった器を袋に詰めていると、新川の目線が何かを追うように動いた。自身の横——白い壁の方を見遣る。

何かいるのか？

にわかに緊張して新川を見つめる。

整った面立ちがしかめられた。鋭いラインを描く頬がうっすらと赤くなる。

「新川？」

「……何でもない」

「え、でもそこに何かいるんだろ。何？」

「害があるものじゃないから気にするな」

「えー、なんだよ、気になる。あ、ホナミさん、ホナミさんには新川の横にいるやつ、見えてるよね。何がいるのか教えてくれよ」

事故現場で話して以来、ずっと黙っているホナミに声をかける。

しかし答えは返ってこない。

「おーい、ホナミさーん」

見えないとわかっていながら、きょろきょろと部屋中に視線を飛ばしていると、新川は眉を寄せた。

「おまえはまた。気軽に話しかけるなって言っただろ」

「ちょっとくらいいいじゃん」

「全然良くねえ」

ぶっきらぼうに答えた新川はため息をついた。

「おまえといると、深刻なことでも、実はそんなに大したことじゃないんじゃねえかって思えてくるな……」

「おお、マジ？　それはいいな！」

「だから良くねえって言ってんだろ。本当なら生きてる人間は、必要以上に死者と関わりを持つべきじゃない。祓うのがお互いにとって一番いいんだ。あんまり舐《な》めてると痛い目に遭うぞ」

じろりとにらまれたが、やはり少しも怖くなかった。

だって新川が優しくていい奴だって、俺は知ってるからな！

「舐めてないもん」

「もんって言うな」

「なんでだよ。いいじゃん別に」

「……かわいくねえ」

「なんだそれ。俺、別にかわいくなくてもいいもん」

「おい」

またしても切れ長の目でにらまれる。

でも、やっぱり怖くない。

それどころか胸の奥がくすぐったくてたまらず、歩はニコニコと笑ってしまった。

新川が帰ったのは、午後十時をすぎてからだ。他愛もない話をしていたら、あっという間に時間が経ってしまった。

楽しかった……。

歩は鼻歌を歌いながらグラスを洗った。歩が使ったグラスと新川が使ったグラス、二つを水切りの上に置く。

思い返してみると、この部屋に人を招いたのは初めてだ。入学してしばらくは、初めての一人暮らしと大学生活に慣れるのに必死だったし、夏休みが明けた途端に事故に遭ってしまった。大学にはたくさん友達がいるが、誰ともそこまで親しくなかったのだと思い知らされた。

明日は土曜日で大学は休みだ。新川には会えない。

しかし新川は土日、どこかへ行くんなら連絡しろと言った。俺が行くまで待て、いいな？と念を押され、歩はうんと大きく頷いた。乗りかかった船なのかもしれないが、新川が傍《そば》にいてくれれば心強い。

大学内で有名な美人の告白を面倒だと言って断ったのに、歩のためには時間と労力を割いてくれる。つまり、新川に恋人はいないのだ。

や、別に、いても全然いいんだけど。

ホナミの問題が解決したら、どうせ離れることになる。助けてもらったからといって、あまり依存してはいけない。

でも、楽しいんだもんな。

もともと一人で暮らしていた部屋なのに、なんだか物足りないのは、新川の気配が残っているからだ。確かにここにいたのに、今はいない。だから単純に一人でいるよりも、余計に寂しい気がする。

——あのさ、ちょっといい？

ふいにホナミの声が聞こえてきて、自分の思考に没頭していた歩は、うわ、と声をあげた。新川と話している間、彼女はずっと沈黙していたのだ。

「びっくりした……。ごめん、いいよ。何？」

——あんたとあいつの会話を聞いてるうちに、思い出したことがあるんだけど。

「えっ、マジで？　何何？」

タオルで手を拭きながら問うと、ホナミは静かな口調で言った。

——リョージを怒らせちゃったから、謝りたいって言ったじゃん。リョージ、私のカレシ。

「そうなんだ！　思い出せてよかった。フルネームはわかる？」

——トヤマリョージ。

「トヤマ、リョージさん。どんな漢字書くの？」

歩は尋ねながら、バッグからスマホを取り出した。メモ機能を起《た》ち上げる。

——外に山、ナベブタの亮に、人気司会者とかの、司。

「外山《とやま》、亮司《りょうじ》、と。これで合ってる？」

名前を打ち込んだ画面を、声が聞こえてくる右側に向ける。

ちゃんと見えたようで、うんとホナミは頷いた。

「よし。住所とか勤務先はわかる？」

――今も変わってないなら、わかるよ。

「おお、マジで？　じゃあ明日、外山さんちへ行ってみようか。あ、もしかして一人で行ける？　俺、行かない方がいい？」

恋人と会うのに、赤の他人がいたら邪魔だろう。

あ、でもホナミさんの声が相手に聞こえないんだったら、俺が代わりに伝えた方がいいのか。

歩があれこれ考えを巡らせていると、ホナミが小さく笑う気配がした。

――申し訳ないんだけど、私一人だと行けないみたいなんだよね。あんたから離れようとすると意識が薄れちゃう。前みたいに、黒い霧みたいのに取りこまれるみたい。だから一緒に来てもらいたいんだ。

「それは全然いいけど、なんで俺から離れたらだめなんだろう。新川に聞いてみないとな。明日、外山さんちに行くんだったら新川にも来てもらうから、そのときに聞いてみる」

――や、あの、ちょっと待って。

「あ、何か持って行きたい物とかある？　お金はあんまりないけど、必要なら買うよ」

——ありがと。でも物はいいよ、何もいらない。ただ、物がどうとかじゃなくて……。

口ごもったホナミに、歩は首を傾げた。

会いたいんじゃないんだろうか。相手が恋人なら尚更《なおさら》。

急《せ》かすことなくスマホを手にベッドに腰を下ろすと、ため息をつく音が聞こえた。

——ほら、私が事故に遭ったのって二年前じゃん？

「ああ、うん」

——もう、忘れてるんじゃないかと思って……。

心細げな呟きに、歩は言葉を失った。

道路脇に立てかけられていた目撃者を捜す看板は、風雨にさらされて古ぼけていた。それだけ年月が経ったのだ。ホナミとその恋人の関係性を全く知らないのに、大丈夫だよ、忘れたりしない、とは言えない。

「それは、ちょっと……、てか、かなり怖いな……」

歩が絞り出した言葉に、ん、とホナミは応じた。

——だから、すぐには踏ん切りがつかなくて……。急がないといけないって、わかってるんだけど……。

「え、別に急がなくても大丈夫だよ。ホナミさんの気持ちが決まるまで待つから」

——でも……。

「いいって。明日は土曜日で大学休みだし、うちでゆっくりしよう。あ、でも、どこか行きたい場所があったら言って。行けるとこだったら行くから」

——んー、じゃあ、実家に行ってもいい？

「もちろん。家の住所も思い出したんだ？」

——うん。

「そっか。よかったなあ！　じゃあ早速だけど明日行く？」

——行く。ありがとう。あ、明日出かけること、あいつにちゃんと連絡しなよ。

からかうように言われて、なぜか頬が熱くなった。胸の奥がくすぐったい。

なんか、あれだ。姉ちゃんとしゃべってるみたいだ。

歩に姉はいないので、あくまで想像だ。が、そんな想像をしてしまうほど、ホナミの声はどんどん生身の女の子に近付いている。

新川はあまり話すなと言い続けているが、苦しくもならないし、どこか痛いわけでもないので、何が悪いのかさっぱりわからない。

「後から文句言われるのも嫌だし、ちゃんとメールしとく。つか、今する」

歩はちょうど手に持っていたスマホを操作した。

——午前中にうちに行った後、午後からはあんたが行きたいとこへ行ったら？　私、邪魔しないように黙ってるから。

「え、俺？　んー、別に行きたいとこってないなあ」

――一人だったらそうかもしれないけど、あいつと一緒だったらあるんじゃない？

「えー、新川と？　……お寺とか？」

首を傾げつつ答えると、はあああ、と長いため息の音が聞こえてきた。

――そういうことじゃない……。あんた、凄くいい奴だけど、あんまりモテないでしょ。

「うわ、ひでえ。ホナミさんにまで悪口言われた。どうせ俺はモテませんよ。カノジョもいたことないし」

――えっ、マジで？

「マジ。何回か告白したけど、友達でいたいって言われてふられた」

――コクられたことはないんだ？

「コクられたっていうか、高校のとき、あの子辻内《つじうち》君が好きなんだよって、その子の友達に言われたことはある。なんで気付かないんだって怒られたけど、同中《おなちゅう》じゃなかったし、クラスが違ったら接点ないいし、気付かなくね？　本人から直接コクられたわけじゃないからどうにもできなくて。ほんとに俺が好きなのかどうかもわかんないし、俺もよく知らない子だったし。結局、何も言われないまま高校卒業しちゃった」

ホナミの姿が見えないからだろうか。あるいは、彼女が少し年上だからか。今まで人には言っていなかったことがすらすらと口から出る。

なるほどねー、とホナミはため息まじりに言った。

——なんかわかるわー。あんた、私の事情はちゃんと理解して思いやってくれるのに、そっち方面はめちゃくちゃ鈍いもん。

「俺は鈍くないですー。てか、そっち方面って、どっち方面だよ」

言い返しながらスマホを操作して、メールの画面を開く。

〈明日、ホナミさんちに行くことになりました。一緒に来てください〉

そこまで入力して、うーんとうなる。文章が硬い。友達とはメッセージアプリで短文のやりとりをしているから、手紙のようなちゃんとした文章を送るのは、なんだか緊張する。

〈明日、ホナミさんちに行くことになったから、一緒に来てほしい〉

「こんな感じかな……」

——まだちょっと硬い気もするけど、いいんじゃない？

すぐ傍で声がして、歩は慌ててスマホを伏せた。

「もー！　なんだよ、見んなよ！」

あはは、とホナミが楽しげに笑う声が聞こえて、歩もつられて笑ってしまった。

翌日の土曜日は、朝からよく晴れた。空気が乾いていて、少し寒いけれど気持ちがいい。歩は意気揚々と自転車を漕《こ》いだ。マウンテンパーカーの内ポケットには、しっかりとお守りが入っている。

待ち合わせた場所は大学だ。お互いの家のちょうど中間地点に大学があったので、迷わず決めた。ホナミの家は、大学の最寄りの駅から三駅のところにあるらしいので、今日は電車で移動する予定だ。

昨夜、メールを送ると、すぐに返事がきた。〈わかった、待ち合わせの場所と時間は?〉とそれこそメッセージアプリを思わせるごく短い文章だったので、悔しいような、新川らしくて笑えるような、複雑な心地になった。

ホナミの弟からの返事もきた。歩自身も事故にあったと伝えていたせいか、改めてホナミの事故についての情報をあげることを許可してくれた。早速、ホナミの事故の看板の写真をSNSに投稿すると、大学や高校時代の友人が拡散してくれたようで、それなりに反応が返ってきた。が、残念ながら目ぼしい情報はなかった。

まあ、そんなすぐに情報が集まったら苦労しないよな……。

ホナミの弟も、恐らくSNSからは成果を得ていないのだ。だからいまだに目撃者を捜しているし、看板も立っている。

大学の駐輪場に自転車を停め、歩は正門へと移動した。今日は講義がほぼないからだろう、構内を行き来する学生は少ない。ほとんどがサークル活動のために来ているのだ。

歩のスマホにも、サークルの友人たちから出てこないかとメッセージが入っていた。気にかけてくれているのがわかって嬉《うれ》しかったが、ありがとう、また今度誘って、と返信した。

今はだいぶ元気になったけど、ホナミさんのことがあるし、それに、新川に一人で動くなって言われてるし。

門の前できょろきょろと辺りを見まわすと、新川の姿はまだなかった。スマホで時間を確認すると、待ち合わせた十時の二十分前だ。早く来すぎた。

——やばそうだから、ちょっと隠れるね。

耳元でふいに小さな声がして、え、とまた辺りを見まわしたそのとき、黒塗りの大きな車が目の前に止まった。

おお、なんだなんだ。怖《こえ》え。

大学の構内に入れば、守衛も常駐していることだし、さすがに大丈夫だろう。できるだけさりげなく踵《きびす》を返すと、誰かが車から降りたのがわかった。

「ああ、ちょっと、君」

低く太い声が背中にぶつかってきて、反射的に立ち止まってしまう。

恐る恐る振り向くと、小山のような和装の男が立っていた。

え、と、元力士……？

顔には皺もあるが、日に焼けた肌には張りがある。禿頭《とくとう》に秋の柔らかな日差しが降り注ぎ、眩《まぶ》しい。

がっしりとした四角い体型で、背筋もピンと伸びていた。還暦を超えているようにも見えるし、中年くらいにも見える。年齢不詳だ。ともあれ、物凄い迫力である。

「君、聞こえているだろう」

確信を持って言われて、へ、と歩は間の抜けた声をあげた。ぎょろりとした大きな目で見つめられ、おどおどしてしまう。

「あの、えっと、ど、どなたですか」

「私は収斉と申す。新川奏《かなで》から名前を聞いたことはないか？　奏の大叔父だ」

新川がいつも身に着けている数珠と、今、ポケットに入っているお守りをくれた僧侶だ。

「はい、聞いたことあります。あの、はじめまして」

ペコリと頭を下げる。

収斉は、にっこり！　と迫力のある笑みを浮かべた。

「はじまして。君のことは奏から聞いている。見えないが、聞こえると。本当かね？」

「あ、はい、ほんとです」

頷くと、ふむ、と収斉は頷いた。そして歩を頭の天辺《てっぺん》から足の先まで眺める。

何もかも見透かされているような気がして、歩は落ち着きなく手を動かした。

正体不明の和装の大男ににらまれている男子学生は目立つのだろう。通りすがりの学生や門の横にある守衛室にいる守衛が、訝《いぶか》しげにこちらを見ている。

「いつまでもくっつけておくより祓った方がいいのは、奏から聞いているか？」

「え、あ、はい。ほんとは祓った方がいいって何回か言われました」

「私も奏と同じ意見だ。早く祓った方がいい。でないと君に悪い影響が出る」

「はあ……」

歩は曖昧な返事をした。

俺がホナミさんを祓おうとしないから、新川がこの人に説得を頼んだんだろうか。

でも、昨夜はそんな話は出なかった。メールにも何も書かれていなかった。

「しかし、想像していたほどではなかったな」

「何がですか……？」

「聞こえるようになって、一ヶ月以上経っているんだろう。そのわりには空気が清浄だ」

「それはたぶん、新川……君にもらったお守りのおかげだと思います。収斉さんが新川君にあげたやつです」

「もちろんそれもあるだろうが、お守りだけでここまで保たれることはない」

ふむ、と収斉はまた頷いた。

「奏の力かもしれない」

「え、でも、新川……君は、祓えないって言ってましたけど」

「確かに祓えない。しかし、修行らしい修行もしていないのに、大人になってもあれほどはっきり見えるのは非常に珍しいんだ。見る力だけでいえば、私より奏の方が優れている。他にも何か特別な力が眠っていてもおかしくない」

　何もかも初耳だったので、歩は驚いて瞬きをした。新川は、見えるだけで祓えないと何度も言った。まるでそのことが己の最大の欠点であるかのように。

　でも、この人は自分より優れていると認めている。

　収斉はまっすぐにこちらを見つめた。

「今、君に憑《つ》いている若い女性の声は、どれくらい聞こえる？」

「どれくらいって、普通に聞こえますけど」

「普通というのは、こうして私と君が話しているときのようにか？」

「はい。姿は見えないけど、会話は普通にできますよ。生きてる人と喋ってるのと、全然変わらないです」

　ありのままを答えただけだったが、収斉は太い声でうなった。

「それもまた珍しい」

「え……」

　ここだけの話だが、と収斉は続ける。

「奏が私の寺に来た当初、私もだが、周囲も沸いた。あれほどはっきり見えるのは滅多にないことだからな。私の後継になれるのではないかと期待された。しかし祓えないことがわかって、皆失望したんだ。自分にもあれだけ見えればと妬む者もいたし、見えるだけなんて宝の持ち腐れだと蔑む者もいた。奏に直接言ったわけじゃないが、そういう空気は伝わっただろう」

収斉の言葉に、歩はムッとした。怒りと苛立《いらだ》ちが腹の底から湧き上がってくる。

「なんですか、それ。新川は嫌なものとか怖いものをたくさん見て、お母さんに病気じゃないかって疑われたりして、困って頼ってきたんですよね。まだ小学生だったんだし、お坊さんになりたくてお寺を訪ねたわけじゃない。実際、最初に連れて行かれたときは怖かったって言ってました。それなのに勝手に期待して、勝手に失望して、そんなのおかしいと思います。新川がかわいそうだ」

憤慨して早口でまくしたてる。

寺に通うのは楽しくなかったとは聞いたが、大人たちに嫉妬や侮蔑の感情をぶつけられたなんて、新川は一言も言っていなかった。

収斉はといえば、呆気《あっけ》にとられたように、ただでさえぎょろりとした大きな目を、更に丸くしている。

まだ腹立ちが収まらなかったので、歩は遠慮せずに続けた。

「まさか、収斉さんも新川に辛く当たったんですか？」

「仮にも僧侶だ。それはない。まあ正直、がっかりはしたがな」

「新川はきっと、あなたのがっかりにも気付いてたと思います。収斉さんがどんなに徳の高いお坊さんだとしても、御仏《みほとけ》に仕える身なんだから、新川に負担をかけたこと、反省してください。新川を助けてくれたのはほんとにありがたいと思うし、感謝しますけど、それとこれとは話が別です。あと、今もいるかわかんないけど、新川にしょうもないことを言う奴がいたら、がっつり絞めてください」

鼻息荒く言うと、ははは、と収斉は初めて声を出して笑った。太くて豪快な笑い声は、たいそう迫力がある。

「やあ、愉快愉快！　君に指摘された通り、己の未熟さを大いに反省しよう。罪滅ぼしというわけではないが、君のことを奏に相談されたとき、もしかしたら君と一緒なら、おまえにも何かできるかもしれないと伝えた。今度は身勝手な期待でも希望でもなく、純然たる可能性としてな」

「何かできるって、何ができるんですか？」

抽象的すぎる話に眉を寄せると、うむ、と収斉は頷いた。

「それはわしにもわからん。そもそも、何かできるかもしれんが、何もできないかもしれん。ただ、人外と対峙《たいじ》するには、見えるだけでもだめ、聞こえるだけでもだめなんだよ。君と奏の力は、互いを補完するものだ。しかもそれぞれの力はかなり特化している。二人そろえば、思いもよらない相乗効果が生まれるかもしれない」

「新川は何か言ってましたか？」

「驚いていた。少しは心当たりもあるようだったぞ」

「え、そうなんだ。気付かなかった……」

首をひねっていると、収斉はおもしろそうにこちらを見遣った。

「しかし君、徳が高いとか御仏なんて言葉、若いのによく知っているな」

「母の実家が近所にあるお寺さんの檀家《だんか》で、ちっちゃいときに住職さんの法話を聞かされたんです。その影響かもしれません」

法話――仏の教えの話をしてくれたのは、母方の祖父母が檀家になっている寺の先代の住職である。数年前に足を悪くしてから各檀家を訪問することはなくなってしまったが、寺に行けば話を聞いてくれると祖父母が言っていた。

「なるほど。今も頭に残っているということは良い法話だったんだな。君、何か困ったことがあったらうちに来なさい。相談に乗るよ」

「はあ、どうも……」

目の前の僧侶を百パーセント信頼したわけではないので、曖昧に応じる。

収斉はふいに真顔になった。

「ともかく、それは早く祓った方がいい。訓練も修行もしていない状態で、自力でどうにかしようとするのは危険だと、よく覚えておきなさい」

歩は今度は返事をしなかった。ただ会釈をする。

収斉は気にした風もなく踵を返し、黒塗りの乗用車の後部座席に乗り込んだ。スムーズに発進した車を見送る。

いつのまにか詰めていた息を、歩はゆっくりと吐き出した。背中にじっとり汗をかいている。人ならざるものと対峙するには、あれくらい肝が据わっていないとだめなのか。

——大丈夫?

耳元で遠慮がちなホナミの声がして、うんと頷く。

「ホナミさんは平気だった?」

——私は平気。でも、あれはびびるわー……。私も全然動けなかったし。その辺にいた黒くて小さいのなんか、全部どこかへ行っちゃったよ。

「え、マジで?」

——うん。ねえ、やっぱり私、ここにいない方がいいよね。

「え、なんで? いていいよ、大丈夫だよ」

——でも、さっきのお坊さん、早く祓った方がいいって言ってた。ホンモノが言うんだもん、やっぱり祓った方がいいと思う。

「その方がホナミさんのためになるっていうんならともかく、なんかホナミさんの意志は無視っていうか、どうでもいいって感じだったじゃん。ホナミさんが当事者なのに、そんなのおかしくない？」

ホナミに向かって話していると、構内から出てきた女子学生が不審げにこちらを見た。

そういえば、歩以外にはホナミの声は聞こえないし、姿も見えないのだ。ぶつぶつと独り言を言っているように見えるのだろう。慌てて声量を落とす。

「そりゃ俺だって、いろんな声が聞こえるようになって困ってる。でも、ホナミさんも困ってるだろ。ホナミさんの気持ちを無視して祓うとかどうとか、納得いかない」

――あんたって何ていうか……、ほんとにいい奴だよね。悪い奴に利用されないか心配になっちゃう。ちゃんと警戒しなよ。――あ、来た。

ホナミに言われて振り返ると、新川が歩いてくるところだった。自転車は既に駐輪場に停めてきたようだ。長身に、黒いコートと黒いパンツが映えている。

「何かあったのか」

不穏な空気を察知したらしく、新川は開口一番尋ねてきた。

歩はその鋭い端整な面立ちを見上げた。

先ほど収斉は、新川には見えること以外にも、眠っている力があるかもしれないと言った。

歩の辛そうな様子に同情して声をかけてくれたのは事実だろう。乗りかかった船で、祓いたくないという歩のわがままに付き合ってくれているのも事実だと思う。

しかし、本当にそれだけか？

——悪い奴に利用されないか心配になっちゃう。

つい今し方聞いたばかりのホナミの言葉が耳に甦《よみがえ》った。

収斉の周りにいた大人たちに妬まれたり蔑まれたりした記憶は、きっと消えてはいない。悔しい、見返したいと思ってもおかしくない。

歩が「聞こえる」から傍にいるのか？　己に「見る」こと以外の力が本当に備わっているのか、確かめたいのだろうか。

だって、ただ同情しただけだったら、いろいろ優しすぎるっていうか、親切すぎる……。

そもそも、新川とは友達でも何でもなかったのだ。話したことすらなかった。それなのに、自分の時間を潰してまで付き合ってくれている。

もしかして利用されてる？

ズキ、と何の前触れもなく胸が痛んだ。

「俺、遅刻か？」

新川は数珠がはまっていない左手首の腕時計を見下ろした。

「七分前か。ちゃんと間に合ってるな。おい、マジでどうしたんだ。何か変化があったのか？」

歩がずっと黙っているのを不審に思ったらしく、新川が尋ねてくる。

歩は焦って首を横に振った。

「う、あ、いや、何でもない！　大丈夫！」

いやいやいや、こんなこと考えるなんて、新川に申し訳ない。

利用したいだけなら、事故現場やホナミの実家などに行かず、もっと早く祓っていただろう。

「じゃあ行こうか！」

半ば強引に気を取り直した歩は、新川を促した。並んで歩き出したものの、新川はやはり不審げにこちらを見下ろしてくる。

「なんだよ、何かあったんなら言え」

「え、何もないよ」

「怪しい」

「怪しくないって」

収斉が現れたことは、なんとなく言い難《にく》かった。小学生の頃の話は、歩には聞いてほしくなかったかもしれない。

てか収斉さん、なんで今日、俺がこの時間にここにいるってわかったんだ。

新川が収斉に歩について話していたのは、予想外でも何でもない。収斉はホナミいわく「ホンモノ」なのだ。対処を誤らないためには、適切なアドバイスが必要だろう。

しかし昨夜決まったばかりの予定を話すとは思えない。偶然だとしても、それはそれで怖い。

反省してくださいとか、けっこう言いたい放題言っちゃったし。

おい、と肩を叩《たた》かれて、歩はハッとした。

「何かあったんなら言ってくれ。俺には聞こえないんだから、おまえが話してくれないとわからないこともある」

眉を寄せた新川をまじまじと見上げる。

今更だけど、新川って顔だけじゃなくて声も良《い》いんだな。

低くて響きのある、艶やかな声だ。収斉の声と、少し似ている。

「辻内」

その低い声で呼ばれて、歩はぴゃっと飛び上がった。

思い返してみれば、新川に名前を呼ばれるのは初めてだ。初めて声をかけられたときのことは、精神的に参っていてあまり覚えていないが、自己紹介もろくにしていなかった気がする。

なんか、新川の声で呼ばれるのすげえ……。

「なんだ、その反応。やっぱり何か隠してるな?」

じろりとにらまれて、いやいや！　と歩は力いっぱい首を横に振った。

「マジで何もないって。今朝、すげえ寒かったじゃん。気温差がでかくてぼうっとしてるのかも」

「どうせ腹でも出して寝てたんだろ」

そう憎まれ口を叩きながら、新川はふと右手を上げた。何だろうと不思議に思って手の行方を追っていると、目の前に近付いてくる。新川の長い指の背が軽く額に触れた。

予想外の出来事に、ぴゃっとまた飛び上がってしまう。

「わっ！　えっ、ちょ、何？」

「熱はないみたいだな」

「お、おう。ないよ。ごりごりの平熱ですけど何か！」

「ごりごりっておまえな……。具合が悪いんだったら、ちゃんと言えよ。隠したって良いことないんだから」

「う、うん。ありがと」

何度も頷いた後、歩はうつむいた。

顔が熱い。きっと耳まで赤くなっている。

優しいな、新川。

とても打算で傍にいてくれるとは思えない。

やっぱり俺の考えすぎだ。

ホナミの実家は、閑静な住宅地にあった。

門倉《かどくら》家の二階建ての家を含め、どの住宅も築二十年ほどが経っているように見える。一昔前の新興住宅地、という感じだ。新築のときに引っ越してきた子供たち――恐らくホナミと同世代だ――も成長したのだろう、土曜日だというのに子供の声がほとんどしない。

また、人以外の声もあまり聞こえてこなかった。住宅地の中で事故が起こることが少ないからだろうか。あるいは、ここはかつて田畑か野原だったのかもしれない。思いが降り積もっていないのだ。遠くの方で時折、ぽそぽそと人の声とも言えないような音が聞こえるだけである。

ホナミの家の玄関と庭が見える場所で、歩と新川は立ち止まった。門扉の支柱に、門倉と記された表札が出ている。

「あの家だな」

新川の呟きに、うんと歩は頷いた。

頬の熱は、既に引いている。とはいえ電車に乗っている間、新川がずっと心配そうな視線を向けてくるので、居心地が悪いような、そわそわするような、何とも言えない気分を味わった。

「ホナミさん？」

――ん。

「大丈夫……？」

――ん。

短く応じたホナミは、あ、と小さく声をあげた。

玄関から男性が二人出てきた。一人は五十代くらい、もう一人は二十歳そこそこだ。歩と同い年くらいに見える。

――お父さん、ケント……！

ホナミの掠《かす》れた声が聞こえてきた。

ああ、ホナミさんのお父さんと弟さんなんだ。

ホナミの弟とSNSでやりとりはしたが、顔を見るのは初めてだ。

二人とも上着をしっかりと着込み、紙の束を持っている。

父子の後を追うように、痩せぎすの小柄な女性が家から出てきた。こちらはカーディガンを羽織っている。少し寒そうだ。

――お母さん……！

悲痛な声が聞こえた。駆け出すような気配がする。

「だめだ、戻れ。無理だ」

新川が声を抑えて止めた。

なんで無理なんだよ、行かせてあげようよ！　と言いかけて、歩は口を引き結んだ。

歩から離れたら、恐らくホナミはホナミを保っていられなくなる。ホナミ自身が意識が薄れると言っていたから間違いない。

だからって、ただ突っ立ってるだけなのは、俺が耐えられない。

「俺、もうちょっと近くに行くから」

「あ、おい、あんまり近付くと怪しまれるぞ」

新川が珍しく焦った声を出したが、歩は歩き出した。散歩をしています、という顔でホナミの家に近付く。

すると、ナーン、とどこからか猫の鳴き声が聞こえてきた。

どこの猫かわかんないけど、ナイスタイミング！

「新川、猫を捜してる感じで近付くから」

結局、後ろをついて来た新川に、小声で言った歩は、散歩ではなく猫を捜しています、という顔で腰を低くして更に近付いた。

母親を振り返った父親が、表情を曇らせたのが見える。

「見送らなくていいって言っただろう？　ほら、早く中に入って」

でも、と母親は瞳を揺らした。

「微熱程度だし、やっぱり私も……」

ケントが眉を寄せる。

「だめだめ。風邪が悪化したらどうすんだ。今日は外山君も来てくれるし、三人でおふくろの分まで配ってくるから。な、親父《おやじ》」

「ああ、任せとけ。五時までには帰ってくるからな。あ、俺とケントの晩飯は何か買ってくるから。母さんの分は帰ってから雑炊でも作るから、ゆっくり寝てなさい」

外山君、とケントは言った。きっとホナミの恋人の外山亮司のことだ。彼はホナミを忘れていない。

そして近付いたことで、彼らが持っている紙の束が、ホナミの事故の目撃情報を募るものだとわかった。

ビラを配りに行くんだ……。

娘を、姉を、恋人を轢き逃げした犯人を見つけるために。

――お父さん、お母さん、ケント！　私だよ、ホナミだよ！　ここにいるよ！

必死で呼びかけるホナミの声は、家族に届かない。姿も見えないらしく、こちらをちらとも見ない。

歩は歯を食いしばった。キリキリと胸が痛む。目の奥も痛い。

俺が泣いちゃだめだ。辛いのはホナミさんなんだから。

そろそろと歩いていると、父親と弟が門から出てきた。背中を丸めて足を引きずっている歩に気付く。

「君、大丈夫か？　具合悪いのか」

声をかけてくれたのは父親だった。

しかし、はくはくと口は動くものの言葉が出てこない。

するとすみませんとふいに低く響く声が聞こえてきた。いつのまに追いついてきたのか、新川が隣に立つ。

「僕たち、猫を捜してまして。この猫、見かけませんでしたか？」

新川は父子にスマホを見せた。

二人は律儀に画面に顔を寄せる。

「僕は見たことないな。どうだ、ケント」

「俺も見たことない。あの、この辺の野良猫、猫の保護団体が保護してるんですよ。ねこねこハウスっていう名前で、保護猫のボランティア団体としてけっこう有名みたい。検索したらすぐに出てくるはずだから、そこに問い合わせてみたらどうですか？」

「早速問い合わせてみます。ご親切に、ありがとうございました」

新川は丁寧に礼を言った。

歩も無言でペコリと頭を下げる。一言でも声を発すると泣いてしまいそうだ。

「早く見つかるといいですね。それじゃあ、失礼します」

父子は軽く会釈をすると、ガレージの方へ向かった。

——ごめん、ごめんね、お父さん、お母さん、ケント。リョージも、ごめん……！　会いたいよ、もう一度、皆とちゃんと話したい……！

ホナミの慟哭《どうこく》を聞きながら、歩は新川に腕を引かれ、二人とは逆の方向へ歩き出した。止めようとする間もなく涙がこぼれ落ちる。

「ホナミさんは、悪くないのに……。なんで、こんな……。ひどいよ」

手の甲で涙を拭っていると、ハンカチが目の前に差し出された。

「ほら、拭け」

「ありがと……」

かろうじて礼を言って受け取る。

新川はため息をついた。

「だから早く祓った方がいいって、関わりすぎるのは良くないって何度も言っただろ。おまえは共感する力が強いみたいだから、余計に引きずられる」

「で、でも……」

「でもじゃない。あんたも、もういいだろう。こいつは精一杯やった。これ以上巻き込むな。おとなしく祓われてくれ」

新川が歩の頭越しに、何もない空間に声をかける。

返事は聞こえてこなかった。耳に届いたのは嗚咽《おえつ》だけだ。

そんな簡単に、もういいなんて言えないよな。

まだ外山の顔は見ていないし、犯人も見つかっていない。このままだと、ホナミの家族はホナミを失ったことに苦しむだけでなく、犯人が捕まらないことにも苦しみ続けるだろう。それは想像を絶する喪失感と怒りと悲しみの日々ではないか。

脳裏に浮かんだのは、両親と兄の顔だ。彼らも一歩間違えば、ホナミの家族と同じように苦しむことになった。

泣いてる場合じゃないぞ、俺。

借りたハンカチで目許を押さえた歩は、しっかりと顔を上げた。

「ホナミさん、外山さんのとこへ行こう」

おい、と新川が怒ったように声をあげる。

ホナミは、でも……、と口ごもった。

「外山さんの顔を見たくないなら行かない。でも、ホナミさんが見たいなら行くよ。どうする？」

——……見たい。それに、謝りたい。

「そっか。じゃあ行こう」

「辻内」

これ以上ないほど険しい表情で呼んだ新川を、まっすぐ見上げる。

「心配してくれてありがとう。でも、俺も、ていうか、俺が行きたいんだ」

新川は物言いたげに口許を動かした。しかし結局は何も言わず、ただため息を落とした。

歩と新川は、とりあえず大学へ戻った。そして自転車に乗り、ホナミが事故に遭った場所へ向かった。

二年前、ホナミが自宅から離れたその道を自転車で走っていたのは、外山が住むマンションが近くにあったからだ。恋人の自転車を借りて、コンビニへ行く途中だったという。

——別に、ほしい物があったわけじゃなかった。

ホナミはぽつぽつと話した。

外山が会社の女の子から手作りのマドレーヌをもらってきた。可愛《かわい》らしくラッピングされたそれを一目見て、特別な想《おも》いが込められているとわかった。

これ何？　と不機嫌に尋ねたホナミに、俺だけじゃなくて同じ課の人皆に配ってたんだ、と外山は言った。その女性社員は、時折手作りのお菓子を職場に持ってくるという。製菓の専門学校へ行っていたらしく、美味《おい》しいと評判らしい。

先輩だから断るのも気まずいし、深い意味なんかないって。

軽く言ってのけた恋人に、ホナミはカチンときた。深い意味があるに決まってるでしょ！

バカ！　鈍感！　その言葉がきっかけで喧嘩《けんか》になったのだ。

——バカは私だよね。なんであんなこと言っちゃったんだろう。もっと冷静に、彼女はリョージに好意を持ってるみたいだから気を付けてって言えばよかった。それか正直に、凄く妬《や》けるし、心配だから、たとえ向こうに好意がなくても、手作りは受け取らないでって、頼めばよかった。

険悪な雰囲気になったので、ホナミは行き先も言わないで外山のマンションを出た。いつもなら、コンビニ行ってくるから自転車借りるね、と必ず声をかけるのに、その日に限って黙って出かけたのだ。

外山の自転車をときどき借りていたホナミは鍵を持っていた。喧嘩をしたばかりの恋人の自転車に、当たり前のように跨《また》がった。リョージは何にもわかってない！　と怒りながら。

——バカだった。ほんとに、バカだった。

秋晴れの水色の空の下、ホナミの父と弟、そして背は低いけれどがっちりとした体格の男性がビラを配っていた。きっと彼がホナミの恋人、外山亮司だ。

土曜の昼すぎとはいえ、郊外の大きな道路を歩いている人は少ない。ほとんどが車で移動している。それでも三人は、人の姿を見つけてはビラを差し出していた。気軽に受け取る者もいれば、頑《かたく》なに受け取らない者もいる。

ふいに嗚咽のような呻き声のような、不穏なざわめきが耳に飛び込んできた。やはりこの道は特別らしい。

見つめた先で、外山がこちらに向かって全速力で走り出した。数百メートル先に突っ立っている歩と新川を目にとめたようだ。

「え、うわっ、こっちに来る。どうしよう」

「店に入るか？」

新川が目をやったのは、すぐ脇にある大型の家具店だ。

反射的に店の方へ一歩足を踏み出した歩だったが、すぐに思い直した。

「いや、でもこれ、チャンスだから」

外山が自らこちらに来てくれれば、怪しまれずに近付ける。

ホナミさんが、外山さんを近くで見られる。

外山は足が速いらしい。あっという間に目の前までやってきた。肩で息をしながら、こんにちはと頭を下げる。

「あの、突然、すみません……。二年前、あの辺りで、事故があったんですけど……、何か、ご存じないかと、思って……」

「事故ですか」

胸がつまって声が出ない歩のかわりに、新川が応じる。

はい、と頷いた外山はビラを差し出した。

新川は素直に受け取った。既に知っている事故の情報が載ったそれに視線を落とす。

「二年、前だから……、記憶が薄れてるとは、思うんですけど……。些細《ささい》なことでも、いいんです。変だなと、思ったこととか、いつもと違うなって、感じたこととか、何でも……」

息を整えつつ言葉を紡ぐ外山の目は、怖いくらい真剣だった。走ったからだろう、頬は紅潮しているのに、武骨な顔つきは青ざめて見える。

「わかりました。二年前のこの日に、この辺りを通ったかどうか、ちょっと今は記憶にありませんが、できるだけ思い出してみます」

静かに言った新川に、外山はほんの一瞬だが明るい顔になった。

「あ、ありがとうございます！　よろしくお願いします！　お願いします！」

外山は新川の隣に立っている歩にも頭を下げた。間を置かず、くるりと踵を返す。

——リョージ！

ホナミが呼んだ。

聞こえないはずなのに、外山は勢いよく振り返った。目をいっぱいに見開いて、周囲を忙《せわ》しなく見まわす。

自動車やバイクがひっきりなしに行きかう道路。道沿いの店の駐車場に入っていく車、出ていく車。歩道には、歩と新川の他は誰も歩いていない。遠くの方に自転車を漕ぐ人影が見えるが、乗っているのは若い女性ではなく男性だ。何の変哲もない、日常の風景。

しかしそこにホナミはいない。

——ごめんね、意地張って。リョージは悪くなかったのに、バカって言ってごめん。鈍感って言ってごめん！

歩の耳には、ホナミの謝罪ははっきりと聞こえた。突然吹いた風が頭上でびゅうと音をたてたが、ホナミの声の方が遥《はる》かに大きい。

——好きだよ、大好きだよ！

想いの丈を込めた言葉は、しかし外山には届かなかったようだ。痛みを堪《こら》えるようにきつく眉を寄せた後、歩と新川に会釈をする。

会釈を返すと、外山はゆっくり前を向いた。ホナミの父と弟がビラを配っている場所へ、とぼとぼと戻っていくその四角い背中は、明らかに憔悴《しょうすい》している。

彼が突然愛する人を亡くして、もう二年——否、まだ二年しか経っていないのだ。

リョージ！　と再びホナミが呼んだ。

彼女の恋人は、今度は振り返らなかった。

「落ち着いたか」

新川《しんかわ》に問われて、うん、と歩《あゆむ》は頷《うなず》いた。目許《めもと》を覆っていたタオルをとる。

濡《ぬ》れたタオルを用意してくれたのは新川だ。

「世話かけてごめん……」

「たいしたことはしてない」

素っ気なく言った新川は、ほら、とコーヒーの香りがするマグカップを差し出した。

コーヒーは苦手なんだけど、と思いつつも、ありがとうと礼を言って受け取る。カップの中身は想像していたこげ茶ではなく、ベージュ色だった。

「牛乳と砂糖、多めに入れたから」

「え、ありがとう。でも、なんで？」

「前に喫茶店でホットミルク頼んだだろ。ブラックは飲めないんじゃないかと思って」

事もなげに言って、新川は五十センチほど空けてソファの隣に腰かけた。

見てくれてたんだ……。

じんと胸が熱くなった。そっと口に含んだカフェオレは、温かくて甘くて優しい味がする。またしても涙が滲《にじ》みそうになった。

1DKの部屋は、歩のアパートに比べると随分広い。しかも築年数が浅いらしく、清潔だ。ごくシンプルな家具が配置された部屋はどこか無機質で、生活感はほとんどない。

リョージの背中を見送った後、うちに来るか、と新川が言った。いいのか？　と涙声で尋ねると、ああ、と短い答えが返ってきた。

帰る道々、歩はもちろん、新川とホナミも無言だった。

ホナミさんの家族と恋人のあんな姿見て、何を話せばいいって言うんだ。

気を抜くと泣けてくるので、歩は自転車に乗っている間、ずっと口を引き結んでいた。

「これからどうする」

黙ってカフェオレを飲む歩を見守っていた新川が、静かに問う。

「どうって……」

「家族の顔も、恋人の顔も見た。恋人に謝ることもできた。彼女の願いは叶《かな》っただろう」

「それは、そうだけど……。まだ、犯人が捕まってない」

「犯人が捕まるのを待ってたら、いつまでかかるかわからないぞ。明日捕まるかもしれないけど、何年も先かもしれない。現に二年経《た》っても逮捕されてないんだ。捕まらない可能性だってある。その間、ずっと彼女を此岸《しがん》に引き留めておくつもりか？」

痛いところを突かれて、歩は言葉につまった。長い時間こちらにいるのは、恐らくホナミにとって良いことではない。あの世の理《ことわり》はもちろん、この世の理もわからない歩にも、それはわかる。

「じゃ、じゃあ、せめてあと一週間。一週間だけ待ってくれよ」

新川は険しい顔になった。

「本当に一週間で済むのか？　また延長とか言い出すんじゃないのか」

「そ、それは、わかんないけど……。つか、なんで俺らが勝手に期限を決めてんだよ。ホナミさんの気持ちが大事だろ」

あの、とふいにホナミの声がした。思ったより落ち着いた声に、思わずほっと息をつく。

——たぶんだけど、私、もうそんなに長くはここにいられないと思う。

「え、そうなの？　なんで？」

——んー、なんとなく。ちょっと前から、そんな気がしてた。

そういえば昨日、ホナミは急がないといけないと言っていた。予感があったのかもしれない。

「おい、何を話してる」

苛立《いらだ》ちを滲ませた新川に、歩は瞬《まばた》きをした。

そうだった。新川には聞こえないんだった。

自然にホナミと会話が成立するので、新川にも聞こえているように錯覚してしまった。

「ホナミさん、そんなに長くはここにいられないんだって」

「なんで」

新川の鋭い問いに、ホナミはうーんとうなった。そして言葉を探すようにして、ぽつぽつと話し出す。

——なんでかは、私にもよくわかんないんだけど……。こうやってあんたと話すようになってから、ちょっとずつ自分を取り戻せる感じがして。それまでは、なんか黒くて暗くてどろどろした嫌なものに、自分が紛れてる感じだったんだよね。でもあんたの声を聞いてると、意識だけじゃなくて、気持ちも軽くなっていったっていうか……。そういう中で、ここにいられる時間は、もう長くないんだろうなっていう、予感みたいのがあって……。うまく説明できなくてごめん……。

「そんな、謝ることないよ」

首を横に振った歩は、新川の視線を感じて慌てた。

「なんでそう思うのか、自分でもわかんないんだって。ただ、予感みたいのがするらしい。ホナミさん自身も、うまく説明できないって言ってる」

新川は歩の横の何もない空間を見つめた。恐らく、そこにホナミがいるのだろう。

「家族と恋人に会いたいっていう願いが叶ったから、彼岸《ひがん》へ行けるってことか？」

――皆に会えたのは凄《すご》く嬉《うれ》しかったけど、会う前から予感があったから、違うと思う。

「あの、予感は家族に会う前からあったって」

歩はホナミの言葉を新川に伝えた。

ホナミがどういう顔をして、どういう身振り手振りをしたのかはわからない。

しかし新川はきつく眉を寄せた。

「やっぱり祓《はら》ってもらった方がいい」

「え、なんで？」

「彼女が言ってることが、単にこの場にいられる時間が長くないって意味なのか、それとも、今とは違う別の何かに変化してしまうって意味なのか、はっきりしないからだ。俺も彼女みたいな事例は見たことも聞いたこともないし、収斉《しゅうさい》さんも前例がないって言ってた。だからこれからどうなるか予測できない。いずれにしても、収斉さんならきちんと祓ってくれる」

新川の淡々とした物言いに、歩はムッとした。

「いくらホンモノのお坊さんでも、ホナミさんを思いやれない人に任せたらだめだろ。前例がないのにホナミさんを連れてったら、お寺の関係の人も来るかもしれない。収斉さんはともかく、そいつらが何するかわかったもんじゃない。新川も嫌な思いさせられたって言ってたじゃんか」

小さな子供に嫉妬したり、蔑んだりする大人たちに、ホナミは渡せない。

しかし新川は怯《ひる》まなかった。

「嫌な思いをしたのは確かだけど、十年くらい前のことだ。だいたい今は、そんなことを言ってる場合じゃない。何度も言ってるが、本当は祓った方がいいんだ。祓わないで酷《ひど》い目に遭った例もいくつか知ってる。おまえの共感力が強いってわかった時点で祓うべきだった」

歩は段々腹が立ってきた。

俺は、ホナミさんはもちろんだけど、新川も大事だからこそ、お寺とは関わりたくないんだ。それなのに、なんでわかってくれないいんだよ！

「なんだよ、さっきから祓う祓うって！　新川も結局お寺の人と同じじゃないか！　俺の気持ちなんか、どうでもいいんだろ！」

「はあ？　俺はおまえのためを思って言ってるんだぞ！　どうしても寺が嫌なら、収斉さんに頼んで二人で祓う方法を教えてもらってもいい。俺とおまえなら何かできるかもしれないって言ってたから、きっと何とかなる」

強い口調で言い返されて、カッと頭に血が上る。

「うるさい！　俺のためって言うけど、ほんとは自分が祓ってみたいからそんなこと言うんだろ！　俺はおまえに利用されるのはごめんだ！」

コントロールできない激しい感情のまま叫んだ歩は、ハッとした。

やべ、言いすぎた。

しかし今更引っ込みがつかない。

新川がどんな顔をしているのかを確かめるのが怖くて、歩はダイニングを飛び出した。スニーカーをつっかけ、振り返らずにマンションを出る。

新川は追いかけてこなかった。

自転車を飛ばしてアパートへ帰ってきた歩は、体を投げ出すようにしてベッドに突っ伏した。

「最悪だ……」

我知らずこぼれた呟《つぶや》きに応える声はない。

新川に対する自分の言動を思い出し、罪悪感と羞恥で、あー！　と叫ぶ。

「最低だ……！」

なぜあんなに腹が立ったのか、歩は既にわかっていた。

新川の優しさや気遣いは、とても同情しただけとは思えなかった。ピンチのときには文句を言いながらも助けてくれる。手間と時間を惜しまず協力もしてくれる。

友達は多い方だが、新川ほど歩を大事にしてくれた人はいなかった。明らかに友情の範囲を超えていたと思う。

同情と友情以外に何があるかといえば、打算しか思いつかなかった。歩の聞こえる力を利用して、新たな力を得ようとしているのではないか。

俺は、それが凄く悲しかったんだ。

腹が立ったし傷ついた。

なぜ傷ついたかといえば、新川が好きだからだ。友達ではなく、恋愛の意味で。

「ううー……」

歩はベッドの上でじたばたと暴れた。

本当なら、たとえ打算でも、聞こえる力を和らげてくれて、ホナミの望みを叶えたいというわがままに付き合ってくれたことに感謝するべきだろう。歩一人では為《な》す術《すべ》がなかったのだから。むしろ新川が歩を利用するつもりだったのなら、ギブアンドテイクかつウィンウィンの関係になれる。

しかし打算は嫌だった。新川の気持ちが、どうしてもほしかった。

ううー、とまた歩はうなった。

今まで同性を好きになったことはない。ずっと異性が好きだと思ってきたし、実際、告白したのは女性ばかりだ。

しかし彼女らに抱いた恋心は、もしかしたら恋ではなかったのかもしれない。そこには、執着じみた愛着はなかった。異性を好きになったことよりも、自分がこれほど他人に強い愛着を持ったことの方が驚きだ。

俺、新川に酷いこと言った……。

新川は心配してくれたのに、自分が祓いたいからだろうと決めつけた。新川が追いかけてこなかったのも、スマホに連絡がないのも、歩にあきれたせいではないか。

能天気でがさつな上に、わがままで頑固で面倒くさい。こんな奴《やつ》に協力を頼むくらいなら、祓えないままでいい。そう思ってもおかしくない。

見捨てられたかも……。

自業自得だとわかっていながらも、じわりと涙が滲んだ。縋《すが》るようにポケットに入れていたお守りを握りしめる。それでも嗚咽《おえつ》が漏れそうになって歯を食いしばったそのとき、ねえ、と遠慮がちな声がした。

歩はハッと顔を上げた。

泣いてる場合じゃなかった！

慌てて勢いよく起き上《あ》がる。

「ご、ごめん、ホナミさん！　ホナミさんのことをしゃべってたのに、俺……！」

――私のことは気にしなくていいから。

「でも……、ごめん……」

――だから気にしなくていいって。今日、家族とリョージに会えたのも、リョージに気持ち伝えられたのも、あんたのおかげだから。ほんと、感謝してるんだ。

落ち着いた口調で言われて、歩は目を丸くした。

「感謝とかいいよ。俺がやりたくてやったんだから」

――うん。そうだとしても、私にとっては凄くありがたかったから。ありがと。

優しい声だ。ホナミに実体はないはずなのに、頭をそっと撫《な》でられたような気がした。

――あいつ、あんたを利用しようとしてたわけじゃないと思うよ。聞こえることにちょっとは嫉妬したり、羨ましい気持ちもあったかもしれない。見えるだけっていうことに、コンプレックスというか、あきらめがあるみたいだったしね。でも基本的には、優しくしたくて優しくしたんだと思う。

「優しくしたくて……？」

――そう。利用してやろうと思ってたなら、もっとあんたの機嫌をとって愛想よくすると思うんだよね。好印象を与えた方がやりやすいじゃん？　そういう狡賢《ずるがしこ》い奴は、能天気とかアホとか雑とか、たとえ冗談でもあんたを貶《けな》すようなことは言わないと思うんだ。あれ、たぶんあいつの素だよ。

「……俺、最初から新川に嫌われてたってこと？」

――何言ってんの、そうじゃねーよ。

あきれたようにツっこまれて、歩はしゅんと項垂《うなだ》れた。

「ごめん……」

――あ、違う違う！　私こそ素でツっこんじゃってごめん！　そういうことじゃなくて！　もっとちゃんと冷静に、あいつの言動を思い出してみた方がいいって言ってんの！

ホナミが励まそうとしてくれているのが伝わってきて、歩は思わず頬を緩めた。

ホナミさん、優しいな。

彼女には弟がいるから、歩のことも弟のように思っているのかもしれない。

「冷静に、か……」

——そうそう、冷静に。

新川と話すようになってから今日までの約一週間——まだ一週間ほどしか経っていないことに驚愕《きょうがく》しつつ、歩はひとつひとつ思い出した。

「お守りくれたけど、お金はいらないって言われた。ホナミさんのことも一緒に調べてくれて。ほんとにわけのわかんない状態で、すげえ困ってた俺にいろいろ教えてくれた。見えちゃう新川にとったら、行きたくないところもあっただろうけど、俺が行きたいって言ったらついて来てくれた」

——うん、そうだったね。

「あと、小さいことも数えれば、まだいっぱいある。体調を気遣ってくれたりとか、ホナミさんの家族に猫を捜してるって言って、怪しまれないようにフォローしてくれたりとか。外山《とやま》さんにビラもらったときも、俺が何も言えなくなってるの見て、かわりにやりとりしてくれた。あと、泣いてたらハンカチ貸してくれた。俺が喫茶店でホットミルクを頼んだのを覚えててくれて、カフェオレ作ってくれた。でも、恩着せがましいことは一回も言わなかった。小さい頃の話をしてくれたのも、嬉しかった」

意識して思い出すまでもなく、次々に言葉が出てきた。

同時に脳裏に浮かんだのは、新川の顔だ。優しく細められた切れ長の目。心配そうに曇った端整な面立ち。

――いい奴じゃん。

「うん……」

ズキ、と胸が痛んだ。

だから好きになってしまった。

ねえ、とホナミが温かな声を出す。

――あんたが考えたこと、ちゃんと落ち着いてあいつに話しなよ。自分で勝手に想像するんじゃなくて、利用するつもりだったのか、本人に直接聞いた方がいいと思う。

「でも、俺、酷いこと言ったし……。新川、きっと怒ってる……。もう話したくないって思ってるかも……。追いかけてこなかったし、メールもこないし……」

――あいつが怒ってるんだったら、余計に話をしなくちゃ。自分が悪かったって思うなら、心から謝ればいいんだよ。あんたはいくらでも、直接謝れるんだから。

諭す物言いに、歩は言葉につまった。

ホナミさんはもう、外山さんに直接謝ることはできないんだ。

彼女の声は、外山に届かない。

憔悴《しょうすい》した四角い背中が脳裏に浮かんで、また胸が強く痛んだ。ぎゅっと拳を握りしめる。

俺は、新川の顔を見て直接謝れる。

「……俺、新川に謝る。ちゃんと話す」

——うん、それがいいと思う。

「ありがとう、ホナミさん。あと、ごめん……」

——私に謝ってどうすんの。ちゃんと仲直りしなよ。でないと私があんたのこと心配で、成仏どころじゃなくなるから！

明るい声に、うん、と歩は頷いた。

ふと窓を見ると、レースのカーテンの向こう側は柔らかな夕暮れ色に染まっていた。もうすぐ日が沈む。

とりあえず謝罪のメールを送ろう。

そして直接会いに行こう。

翌日の日曜、歩は早朝にマンションを出た。

昨日と同じく、空は青く晴れ渡っている。気温は低いが風はほとんどない。しかも日曜の朝なので交通量が少なかった。自転車は快調に進む。

しかし緊張していた歩は、暑いのか寒いのかよくわからなかった。ただ機械的にペダルを漕《こ》ぐ。

昨夜、新川にメールを送った。

〈さっきは酷いこと言って、ほんとにごめん。もう俺の顔なんか見たくないかもしれないけど、会って話がしたいです。明日、時間もらえますか？〉

手紙のような文章はやはり苦手で、入力しては消し、また入力しては消し、をくり返した。そして何度も読み返した後、ようやく送信した。

少なくとも一時間はスマホを握りしめ、新川の返信を待った。

しかしメールも電話も返ってこなかった。

だめか……。

長いため息が漏れたそのとき、唐突にスマホが鳴った。驚いてスマホを取り落としそうになった歩は、慌てて画面を確認した。新川からの返信だとわかって息がつまった。震える手で、恐る恐るメールを開いた。

〈わかった。俺も悪かった〉

本文はそれだけだった。

短っ！　少なっ！　と思わず声をあげると、ホナミが笑った。

——でも返事くれたじゃん。よかったね！

うん、と歩は頷いた。ホナミを助けるつもりだったのに、助けられてしまっている。情けなくて、しかし嬉しくて、それ以上は何も言えなかった。

新川のマンションを訪ねることにした歩は、マンションへ行く前に、ホナミが事故に遭った通りへ再び向かうことにした。ホナミが行きたいと言ったのだ。

「ホナミさん、ほんとに大丈夫？」

ペダルを漕ぎながら尋ねる。

——そんな何回も聞かなくても、大丈夫だよ。

「でも、心配だから」

朝から何度も大丈夫かと聞いているが、ホナミは大丈夫としか答えない。

昨日、外山と会った場所だ。辛《つら》くはないだろうか。外山さんのマンションの近くまで行こうか？　と提案したが断られた。

やがて自転車は幹線道路に入った。ホナミの交通事故の目撃情報をつのる看板の前まで、ゆっくり移動する。

昨日とは打って変わって、ここも交通量が少なかった。道沿いにある店は、どこもまだ閉じている。従業員が来る時間にすらなっていないので、人の姿そのものが見当たらない。

朝は、ちょっと静かだ。

聞こえてくる声はごく小さい。降り積もった悪意も、吹き溜《だ》まった呪いも、中空に漂う失意も、朝の清涼な空気には弱いのだろうか。

赤信号で止まると同時に、マウンテンパーカーのポケットに入れたお守りに触る。

よし、ちゃんとある。

ほっと息をつくと同時に、ひやりとした風が吹きつけてきた。

「うわ、さむっ。ホナミさん、寒くない？　大丈夫？」

深く考えず反射的に尋ねると、ホナミはあきれたように笑った。

——あんた、ほんと変な奴だよね。私の姿が全然見えないのに、普通に話しかけてくるんだもん。私、寒さとか暑さを感じないから。

「え、そうなんだ。ごめん！」

——いいよ。なんか嬉しいし。

「嬉しいんだ？」

——うん。ちゃんと、両親と弟と、大好きな恋人がいる。二十三歳の門倉帆波《かどくらほなみ》として扱われてるみたいで嬉しい。

「何言ってんの。ホナミさんは門倉帆波さんだろ。他に何があるっていうんだ」

当たり前のことを言っただけなのに、ありがとう、とホナミは真摯に礼を言った。

——あんたが私の声を聞いてくれて、普通に話してくれて嬉しかった。それに、けっこう楽しかったよ。ほんとに、ほんとに、ありがとう。ごめんね、あんたには、最後まで迷惑かけることになっちゃった。ほんとに、ごめ。

「ホナミさん？」

急に声が消えて、歩は慌てて周囲を見まわした。もともとホナミの姿は見えていなかったが、思わず捜してしまう。

「ホナミさん、どこ?」

呼んだ刹那、ガァン！　と大きな音が耳に突き刺さった。続けて、ガン！　ガン！　と金属を叩《たた》くような音が響き渡る。

ハッとして前方を向くと、金属バットをふりまわしている男の姿が見えた。彼が壊しているのはホナミの事故の看板だ。

え、何?　誰だ!　なんで壊してんだ!

歩は咄嗟《とっさ》に自転車から降りた。そして迷うことなく男に向かって駆け出す。

「おい、やめろ!　何やってんだ!」

大声を出すと、男はバットを手にしたまま、のろのろと振り返った。

数メートル離れていても、涎《よだれ》と鼻水を垂らしているのがわかった。目が血走っている。にもかかわらず、瞳はガラス玉のように見えた。感情はおろか命も感じられない。

しかも男の内側から、ざわざわと音がしていた。新川にお守りをもらうまで耳にこびりついて離れなかった、数えきれないほどたくさんの邪悪な何かの気配だ。

ざわざわ。ざわざわざわざわざわ。

ぶわっと全身に鳥肌が立った。

こいつ、人間じゃない。この辺にいる悪いやつに乗っ取られてる。

「いつまでもぉ、しつこくぅ、こぉんな看板置いておくから、悪いんだろぉ。もう、終わったことなのにぃ、いつまでも、いつまでもぉ！」

不自然に間延びした話し方に、カチカチと奥歯が鳴った。全身が震えて動けない。

どうしよう。怖い。逃げないと。

でも、足が動かない。逃げられない。

立ち尽くしていると、うん？　と男はふいに首を傾《かし》げた。

「おまえ、この前も、ここにいたよなあ？　何が、目的だぁ？　もしかしてぇ、事故のことを拡散したの、おまえかぁ……？」

——しっかりして。逃げて。早く！

耳元で女の子の声が囁《ささや》いた。

ああ、ホナミさんだ。ここにいる。

体の震えが少しましになった気がして、歩は拳を強く握った。精一杯足を踏ん張り、男の目をまっすぐに射る。

ほんのわずかだが、男は怯んだ。

その隙を逃さず、どうにか声を絞り出す。

「だったら、何だよ。犯人を、捕まえるために、ＳＮＳに載せて、何が悪い。あんたこそ、なんで、こんなことするんだ。もしかして、あんたが犯人なのか？」

「うるせえ、黙れ！　俺は何もしてない！　あの女があそこで自転車に乗ってたのが悪いんだ、俺のせいじゃない！　黙れ黙れ黙れえ！」

金切り声をあげた男は金属バットを振りかざした。そのままこちらに向かって突進してくる。やばい、と思った次の瞬間、おい！　と低く響く声が聞こえてきた。

男が反射的に振り返る。

駆けてきた新川が、振り下ろされたバットを避《よ》けるのが見えた。男の伸びた腕をつかみ、容赦なく引き倒す。ガラガラガラ！　と金属特有の乾いた音をたてて、バットが歩道の上を滑った。

アスファルトにねじ伏せられた男が、叫び声のような泣き声のような声で喚《わめ》く。

新川は動じることなく、男を俯《うつぶ》せにして腕をひねり上げた。

「離せ！　離せよお！　嫌だあああ！」

人外の力を借りているからだろう、男はまだ暴れる。痛覚がないのか、無理な体勢だというのに無秩序に手足を振りまわした。舌打ちした新川が押さえ込もうとするが、うまくいかない。

「し、新川……！」

どうすればいいかわからずに思わず呼んだそのとき、男の拳がたまたま新川の肩に当たった。動きが全く予想できなかったせいか、男の腕をつかんでいた新川の手が離れる。

まずい！

起き上がろうとする男の脚に、歩は咄嗟に飛びついた。獣のように咆哮《ほうこう》した男は、無茶苦茶に暴れる。その勢いに吹き飛ばされ、アスファルトに転がってしまった。

「辻内《つじうち》！」

新川の声が耳を突いて、反射で強く閉じた目を開く。

新川がこちらに駆け寄ってくるのが見えた。その背後に、金属バットを拾った男の姿が見える。

男は振り向いた。新川の背中に向かってバットを振り上げる。

「やめろ！」

思わず怒鳴ると、男はなぜかぴたりと動きを止めた。

新川は歩の声に反応して、素早く振り返った。数珠をつけた右手で男の腕をつかみ、たちまちアスファルトに沈める。

その瞬間、男に纏《まと》わりついていた黒い砂鉄のようなものがパッと霧散したように感じた。

ガラガラガラ！　と音をたててバットが再び地面を転がる。

男はひしゃげた悲鳴をあげたものの、もう暴れなかった。それどころか、ぐったりとして動かない。嫌なざわめきが聞こえなくなった。

「辻内」

唐突に呼ばれて、へたり込んでいた歩は我に返った。慌てて地面を這《は》い、男を俯せに押さえたままの新川の傍《そば》に寄る。

「だ、大丈夫か？　怪我《けが》は！」

「それはこっちのセリフだ。おまえこそ怪我はないのか？」

「な、ないよ、俺は大丈夫！　た、助けてくれてありがとう」

「礼はいい。無事でよかった」

新川は目を細めて微笑《ほほえ》んだ。

ぎゅっと心臓を素手で鷲摑《わしづか》みにされた気がした。

こうして向かい合うと痛感する。

俺、新川のことが凄く好きだ。

「おい、大丈夫か！　怪我してないか？」

作業着を身に着けた三人の男が駆け寄ってきた。少し先に、トラックが二台停《と》まっている。異変を察知して、わざわざ降りてきてくれたようだ。

「俺とこいつは大丈夫ですけど、この男が怪我してると思うんで、警察と救急車を呼んでいただけますか？」

犯人を押さえ込んだまま、新川が言う。

「おう、わかった！　すぐ電話する！　ちょっと待ってろ」

「兄ちゃん、大丈夫か。代わろうか?」

三人の中でも特に屈強な男が、新川に声をかけた。

「ありがとうございます、大丈夫です。気絶してるみたいだから、固めてるだけで力は入れてません」

「おお、そうか。それにしてもすげえ良《い》い動きだったな。何か格闘技をやってるのか?」

「徒手格闘技と合気道を少し。護身術程度です」

「あの動きは少しじゃないだろう。金属バットを振りまわしてる相手によくやったな! あ、おい、ショータ、バットに触るな! 警察が来るまでそのままにしとけ!」

恐る恐るバットを拾おうとしていた金髪の若い男が、すんませんと慌てて謝る。

新川、格闘技をやってるのか……。

知らないことが、まだたくさんある。

「あ、看板がベコベコだ! 誰だよ、ひどいことしやがって!」

金髪の男が歪《ゆが》んだ看板を撫でるのが、視界の端に映った。

そうだ、ホナミさん! どこ行ったんだ!

まさか、またここにわだかまっている悪意に取りこまれたか?

見えないとわかっていながら、歩はきょろきょろと辺りを見まわした。小声でホナミを呼ぶ。

「ホナミさん、いたら返事して」

「辻内」

新川に呼ばれて振り向くと、新川の瞳が歩の隣に向けられた。

そこには誰もいない。ひんやりとした、爽やかな風が吹いているだけだ。

やっぱり見えないけど、ホナミさん、いるんだ。よかった……！

「捕まえたよ」

小さな声で囁くと、また清涼な風が吹いた。

ホナミの姿は見えないはずなのに、ほんの一瞬、艶やかなセミロングの女の子が見えた気がした。

すっきりとした顔で笑っている。

でも、ちょっと寂しそうだ。

――ありがとう。じゃあ私、行くね。

「行くってどこへ？」

――バイバイ。

軽やかな、明るい声が聞こえた。

「ホナミさん？」

そっと呼んだものの、返事はなかった。

行っちゃった……？

きっと、彼女が本来行くべきところへ行けたのだ。

喜ぶべきなのだろうが、もうホナミの声を聞くことができないのだと思うと寂しい。明るくておしゃべりで、歩の話を真剣に聞いてくれて励ましてくれた。年上の女性らしく、アドバイスもくれた。ときどき歩を出来の悪い弟のようにからかって、楽しげに笑うホナミが好きだった。

歩は目許を濡らす涙を、手の甲で乱暴に拭った。その様子を、新川が心配そうにじっと見つめているのがわかる。

大丈夫だよ、という風に頷いてみせると、新川もわずかに頬を緩めた。

歩と新川は、やって来た警察に事情を聴かれた。警官のうちの一人が歩の事故を担当してくれた人だったので、身元の確認などは比較的スムーズに終わった。

歩はこう説明した。——昨日、遺族の方からビラをもらったんです。僕もこの辺で事故に遭ったから、凄く気になって。今朝になって何か思い出せるかもしれないと思って、看板が立ってるところへ行きました。そしたらあの男が看板を壊してて、急に襲われたんです。

その説明に、新川が続いた。——俺も、辻内に付き合う予定でした。待ち合わせをしてた看板のところへ行ったら辻内が襲われてて、咄嗟に捕まえたんです。

歩と新川が大学の同級生だと聞くと、警察官は納得したようだ。特に歩が事故に遭ったことを知っている警官は同情的で、大変だったなと慰めてくれた。

駆けつけてくれたトラックの運転手たちも、バットを持った男が歩に襲いかかっていたと証言してくれたらしい。後日、改めて事情を伺いますと言われて解放されたのは、正午をすぎた頃だった。

二人そろって定食屋で夕飯をすませた後、警察署に近い新川のマンションに帰ってきた。

「すげえ疲れた……」

歩は崩れ落ちるようにソファに腰を下ろした。前に訪れたときもそうだったが、新川が何かしているのか、ざわめきはほとんど聞こえてこない。

「お疲れ。何か飲むか？」

「んー、じゃあ、水をお願いします」

ん、と頷いた新川はキッチンへ向かった。

とはいえ、キッチンは歩がいる場所のすぐ隣だ。グラスを用意する仕種《しぐさ》も、冷蔵庫を開けて水を取り出す仕種も、グラスに水を注ぐ仕種も、全部見える。

あー、新川だ……。

目が離せなくてじっと見つめていると、新川がグラスを手に戻ってきた。

ほら、と差し出されたグラスを受け取る。

「ありがとう」

「どういたしまして」

淡々と応じた新川は、歩の横に腰を下ろした。しん、と沈黙が落ちる。

やべ。なんか急に緊張してきた……。

思い返せば、この部屋へ来るのは新川に勝手なことをまくし立てて以来だ。

「あ、あの、新川」

「うん?」

「ホナミさん、ほんとに行っちゃった?」

「ああ、行った。彼女、笑ってたよ。俺にも手を振った」

淡々と言われて、やっぱりそっか……、と歩は呟いた。バイバイ、という軽やかな声が耳に甦《よみがえ》る。あれが本当に最後だった。

我知らず唇を噛《か》みしめていると、新川が深く息を吐いた。

「彼女、おまえの名前を呼ばなかっただろう」

「へ? そうだっけ……?」

言われてみれば、一度も呼ばれていない。ホナミはいつも歩を「あんた」と呼んだ。

「俺が名前を呼ぶなって言ったんだよ。名前は、その名を持つ人を縛る呪文のようなものだから、死者が呼ぶのは良くないってな。だから呼ばなかったんだ。いい奴だった」

新川の言葉に、うん、と歩は深く頷いた。

ホナミさんは、ほんとに素敵な人だった。

「新川の名前も呼んでなかったよ」

「そうなのか？」

「俺がいないとこではどうだったか知らないけど、少なくとも俺は聞いたことない」

「そうか……。俺が言ったこと、考えてくれたんだな」

新川はため息をついた。

なんか、新川もちゃんとホナミさんをホナミさんとして認識してるのが嬉しい。

最初の頃、ホナミを「人外」という括《くく》りでしか見ていなかったのが嘘《うそ》のようだ。

ふと疑問が浮かぶ。

「つか新川、なんであの場所に来てくれたんだ？　俺、おまえんちに行くってメールはしたけど、おまえんちに行く前にホナミさんの事故現場へ行くとは言ってなかったよな？」

「猫っぽいのに威嚇された」

意外な答えに、へ？　と歩は間の抜けた声をあげた。

「猫っぽいのって？」

「元は猫だったんだろうなっていうやつ」

「そういえば前に、そういうのが俺について来てるって言ってたな。その猫っぽいのに威嚇されたってこと?」

「そうだ。おまえのところへ行ったり、俺の傍に来たりしてうろうろしてたんだが、特に何かしてくることはなかったから放っておいた。それなのに急に威嚇されて、何かおかしいと思った。で、嫌な予感がして、おまえんちに行く前に一応事故があったところをまわることにしたんだ」

「そうなんだ。ありがとう、マジで助かった。その猫っぽいの、今もいる?」

新川の視線が、フローリングに敷かれたラグの端に注がれた。そこにいるのだ。

猫っぽいのって、どんな子だろう。何色かな。大きいのか、小さいのか。短毛かもしれないし、長毛かもしれない。見えないのが残念だ。

「新川に知らせてくれてありがとう」

ペコリと頭を下げると、ナーン、と応じる声がした。どこかで聞いた鳴き声だ。

「あ! もしかしてホナミさんちに行ったときも助けてくれた?」

今度は返事がない。

しかしきっと助けてくれたのだ。

「あの、なんか美味《おい》しいものとかでお礼したいんだけど、俺、猫飼ったことないから何がいいかわかんないんだ。好きな猫缶とかキャットフードとかある?」

「おい、おまえはまたそうやって」

新川ににじろりとにらまれる。

しかし歩は口を尖《とが》らせた。

「ご飯あげるくらいいいじゃん」

「良くない。今回はたまたま引きずられずに済んだけど、これからは引きずることが目的で近付いてくる奴もいるかもしれないんだぞ。もっと警戒しろ」

恐らく新川が言っていることは正しい。歩のことを思って言ってくれているのも本当だろう。なにしろ彼は、体を張って助けてくれたのだ。

あ、俺、新川に謝りに行く途中だったんだ！

「新川、昨日はごめん！」

グラスをローテーブルに置き、勢いよく頭を下げる。

新川の視線が額の辺りに向けられたのがわかった。にわかに緊張しながら続ける。

「利用するとか言って、ほんとにごめん。俺、新川が俺に付き合ってくれるのは、俺が聞こえるからで、利用価値があるから一緒にいてくれるんだって、思って」

「はあ？　なんでそんなこと思ったんだ」

「だ、だって新川、すげえ優しいんだもん。関わる必要ないのに、俺が辛そうだからって声かけてくれて、お守りもくれて。なんだかんだで俺の気持ち汲《く》んでくれて、体調の心配もしてくれて、わがままにも付き合ってくれて……。なんで俺みたいな、イケメンでもないしかわいくもないし、何の才能もないフツーな奴に優しくしてくれるんだろうって不思議だった。俺の聞こえる力を利用するためだったって考えたら辻褄《つじつま》が合うだろ」

今はもう、利用するために優しくしてくれたのではないとわかっているので、最後の方は小さな声になってしまった。

「おまえな……。なんでそんなひねくれた考え方するんだ。心配だったから構っただけだ」

あきれを滲ませた声に、ごめん、と謝る。

「ホナミさんもそんなこと言ってた。単純に、優しくしたいから優しくしてるだけだろうって」

新川は一瞬、言葉につまった。なぜか苦笑まじりのため息をつく。

「まあ、おまえの気持ちもわからないでもない。俺と口きくようになって間がないし、警戒するよな。それに正直、おまえの聞こえる力が羨ましいって気持ちが全くなかったわけじゃない。考えないようにしてただけで、祓えないコンプレックスもあったと思う。収斉さんにも、彼と組めば今までできなかったことができるかもしれないって言われたからな」

「それは俺も聞いた」

は？　と新川は不機嫌な低い声を出した。思い切り眉を寄せる。

「いつ聞いたんだ」

「昨日。大学で待ち合わせしただろ。新川が来る前に会った。新川が祓うことにこだわるのは、もしかしたら自分が祓ってみたいからなのかなって思った」

「マジかよ。あのクソ坊主、余計なことを」

舌打ちをした新川に、歩は少し驚いた。

新川はもともと口が悪かったが、こんな風に感情を剥《む》き出しにしたことはなかった気がする。

新川の顔が見たくてそろそろと視線を上げると、まっすぐに眼差《まなざ》しを向けられた。

真剣な表情を浮かべた端整な面立ちに、思わず見入ってしまう。

「俺は別に、彼女を祓うことにこだわってたわけじゃない。悪いものは祓う。それが当然だと思ってきたし、他に方法はないと思ってきた。おまえが、そうじゃないって教えてくれたんだ」

「え、俺、何もしてないよ。ちょっとホナミさんの話を聞いただけで」

「それが大事だったんだろう。彼女の話を聞いてあげて気持ちに寄り添った。行動も起こした。彼女が祓われるまでもなく自力で彼岸に行けたのは、おまえのおかげだと思う」

「そうかな……。だとしたら嬉しいけど……」

へへへと照れ笑いすると、ふいと新川の視線が外れた。

「俺は、おまえは彼女を好きなんだと思ってた」

眉根を寄せて不満げな物言いをした新川に、え、と歩は声をあげた。

「彼女ってホナミさん？」

「ああ。仲良さそうだったから」

「ええ！　ないない！　姉ちゃんがいたらこんな感じかなーとは思ったし、しゃべってて楽しかったけど、恋愛の意味の好きじゃないから！　だいたいホナミさんには外山さんがいるし！　ないないない！　絶対ない！」

誤解してほしくなくて、首を思い切り横に振る。

頭がくらくらしてぎゅっと目を閉じると、何やってんだ、と新川の声が聞こえた。大きな掌《てのひら》が頭を優しく包む。

「わかったから落ち着け」

「う、うん……」

「辻内」

歩の頭に手を置いたまま、新川が呼ぶ。

おずおずと見上げると、新川は端整な面立ちに真剣な表情を浮かべた。

「俺がおまえに優しくしたのは、放っておけなかったからだ。自分も怖い思いをしたのに、見ず知らずの彼女のために一生懸命で。だからこそ、危なっかしくて見てられなかった。一緒に行動するうちに、俺には思いもつかないようなことを言ったり、やけに前向きだったりするのに興味を引かれた。無鉄砲な言動には苛々したけど、嫌だとは思わなかった。気が付いたら目を離せなくなってて、おまえのことばかり考えるようになった」

低く響く艶やかな声で淡々と紡がれる言葉に、歩は赤面した。

なんかすげえ褒められてるけど、ただ褒められてるのとはちょっと違うっていうか……。めっちゃ恥ずいんだけど……。

一度言葉を切った新川は、うつむいて小さく息を吐いた。そして再び顔を上げ、歩をじっと見つめる。闇色の瞳には熱が滲んでいた。

「俺はたぶん、おまえが好きなんだと思う」

「たぶん……？」

ふわっとした告白に、思わず鸚鵡《おうむ》返しをしてしまう。

「こういう気持ちになったのは初めてなんだ。だから確信が持てない。でも、おまえを独占したいのも、大事にしたいのもほんとだから」

「そ、それはもう、好きってことでは……？」

「やっぱりそうか。俺は、辻内が好きなんだな」

新川は至極真面目な顔で呟いた。

え、何これ、告白？　告白なのか？　告白だよな？

刹那、カアッと全身が熱くなった。特に胸の奥が痺《しび》れるように熱くなる。

歓喜なのか驚きなのか、あるいは感動なのか、どれともつかない激情が渦巻いた。体も心も攫《さら》われそうだ。

俺も言わないと。

今、目の前にいる大切な人に、ちゃんと伝えないと。

「お、俺も、好きだ。新川が好き」

焦るあまり、幼い口調になってしまう。

喜ぶかと思いきや、新川はキリッとした直線的な眉をやや八の字に寄せた。

「おまえのそれは、吊《つ》り橋効果じゃないのか」

「吊り橋効果って？」

「怖い思いをしてたときに俺が出てきたから、恐怖の動悸《どうき》を恋愛の動悸と間違えてるんじゃないのか？　今日のこともそうだ。襲われかけたときに俺が来たから、勘違いしたんじゃないか？」

「え、違うよ！　ちゃんと好きだよ！」

「ほんとか？」

まだ疑っている新川に信じてもらいたくて　歩は思い切って自ら彼に抱きついた。両腕を精一杯伸ばし、引き締まった体を強く抱きしめる。

俺がどんなに新川を好きか、わかってもらいたい。

その思いが届いたのか、硬直していた新川の腕が背中にまわった。ぎゅっと力がこめられる。

服越しでも新川の体温が感じられて、歩はふいに泣きたくなった。

「……好きだ、新川」

「俺も、おまえが好きだ」

低く響く甘い声が耳元で囁く。

嬉しくて幸せで、けれどやはり泣きたくなるほど切なくて、歩はますます強く新川にしがみついた。

新川は引き離そうとはせず、背中を撫でてくれる。安堵《あんど》のあまり、ほう、とため息が漏れた。

朝にいろいろあってからずっと気を張っていたのだと、今更ながら自覚する。

あ、新川いい匂いする……。

シャンプーなのか、フレグランスなのか。すっきりとした、それでいて甘い香りだ。

広い肩に埋めた鼻をくんと鳴らすと、新川の体がわずかに撥《は》ねた。

「辻内」

大きな手が肩をつかみ、上半身を引き離そうとする。離れたくなくてしがみつくと、辻内、とまた呼ばれた。

「やだ」

「何もしてないだろ」

「嘘だ、離れようとしてる」

「うん、ちょっとだけな」

「やだ。離れない」

額を新川の広い肩に擦りつけ、何度も首を横に振る。

新川はなぜか、く、と喉を鳴らした。

「一瞬だ。一瞬だけ。な？」

優しい声に絆《ほだ》されて、一瞬だけってなんだよ、と文句を言いつつ上半身を離す。

視線を上げると、新川の整った面立ちが目の前に迫った。そして気が付いたときには、への字に曲げた唇に、新川の唇が重なっていた。柔らかな感触が唇を軽く食《は》んで離れる。

あ、キスだ。新川とキスした。

俺の最初のキス。

あっという間に終わってしまって、思わずパチパチと瞬きをする。

その間に、また唇が唇に触れた。今度はすぐには離れていかず、幾度か唇を食まれる。

きつく抱きしめ合っているのもよかったが、それとはまた違って、新川の体温や皮膚の感触、吐息が直接感じられるのが、たまらなく嬉しい。

もっと触れ合いたい。熱を感じたい。

耳の奥で、ど、ど、ど、と己の心臓が激しく脈打つ音がした。ほんのわずか聴覚に引っかかっていたざわめきが、完全に消える。

息が上がってきて、歩は薄く唇を開いた。そのわずかな隙間を縫って、温かく濡れたものが内側に入ってくる。

「んっ……」

驚いて引こうとした顎を、新川の長い指が捕らえた。上向かされると同時に、奥の方で縮こまっていた舌を舐《な》められる。

咄嗟に逃れようとするが、新川の舌に口内を占拠されているので逃れる場所がない。自然と互いの舌が絡んだ。深く重なり合った唇と唇の隙間から、ぴちゃ、と淫靡《いんび》な水音が漏れる。

「ん、ん……」

喉の奥から甘えるような声が漏れた。

それに気を良くしたのか、新川が上顎を舌先でくすぐる。

くすぐったいような、それでいて背中が粟立《あわだ》つような初めての感覚に耐えきれず、歩は新川の腕をつかんだ。唇の重なる角度が変わって、我知らず息を継ぐ。

「は、あは、んう」

己の喘《あえ》ぐ声を恥じる余裕はなかった。唇だけではなく、全身が痺れるように熱い。

凄い、新川が俺を好きだって、めちゃくちゃ伝わってくる。

キスに漠然とした憧れと羨望を持ったことはあるが、どうしてもキスしたいと渇望したことはなかった。性的な触れ合いにしても同様で、俺は淡泊な方なのかも、と密《ひそ》かに思っていた。

しかし今、キスをしている最中なのに、もっともっとしたくてたまらない。

否、キスだけでは足りない。体中隙間なく、新川とくっつきたい。

「うん、んーっ……」

舌を吸われながら、歩は新川の背中に腕をまわした。彼が着ているシャツの裾から手を入れる。絶え間なく続くキスのせいでうまく力が入らないが、どうにかアンダーシャツをウェストから引っ張り出した。

あとちょっとで新川の肌に触れる。

アンダーシャツの中へ手を突っ込もうとしたとき、ちゅ、と音をたてて唇が離れた。

「はあ、は、やら……、もっと……」

舌足らずにねだると、新川と額が合わさった。鼻先がわずかに触れる。

距離が近すぎて新川の表情はわからなかったが、漆黒の瞳から放たれる視線の熱は充分伝わってきた。ぞくぞくと背中に寒気にも似た快感が走る。

「こら、何してる……」

「さわ、さわりたくて……」

「俺に、触りたいのか?」

「さわりたい……」

「じゃあ、俺もおまえに触っていいか……?」

「うん……。さわって……」

　こくりと頷いた歩は、自分のアンダーシャツとスウェットの裾をつかんでめくった。新川が緩く暖房を利かせてくれているが、突然外気に晒《さら》された腹や胸には冷たく感じられる。ぶる、と体を震わせると、新川が小さく舌打ちした。

「質《たち》悪ぃ……」

「さ、さわってくれないの……？」

「触るよ、バカ」

　新川の大きな手が、そっと腹を撫でた。いつのまにはずしたのか、その手首に数珠はない。掌の熱が内臓にまで染みるようで、ぴくんと反射的に体が跳ねる。触ってくれた。嬉しい。

「俺もさわる……」

　先ほどアンダーシャツを脱がせた場所に手を伸ばそうとすると、新川の手が胸に這い上がってきた。一瞬、人差し指の先が乳首をかすめる。

　そんなところで感じるはずがないと思っていたのに、むず痒《がゆ》いような、痛いような刺激が生まれて、あ、と思わず声が漏れた。

　新川の指先が再び戻ってくる。柔らかなそこを、指の腹が押し潰すようにして撫でた。

「あっ、や……」

思わず体を引くが、新川の手は離れない。乳首は捕らわれたままだ。あっという間に硬く尖ったそれを、思う様弄《いじ》られる。

あ、あ、と声をあげながら、歩は上半身をくねらせた。

「やぁ、やだ、新川……」

「気持ち悪いか?」

「ちがう、けど……」

「だったら、触ってもいいな?」

「え、う、うん……。でも……」

いつのまにか、性器に熱が溜まってきている。このまま愛撫《あいぶ》を続けられたら、起《た》ってしまうだろう。

触ってって言ったのは俺だけど、ちょっと触られただけで反応するなんて恥ずかしい。

「辻内」

熱っぽい声で呼ばれると同時に、強い力で腰を引き寄せられた。

「わっ」

なに?　と尋ねようとした唇を塞がれる。今度はいきなり舌が入ってきた。口内を縦横無尽に舐めまわされ、侵される。

先ほどのキスより乱暴で濃厚な口づけに、歩はまさに溺れた。

「んん、ん、は、ぁん、んう」

これが自分の声かと疑いたくなるような、甘く色めいた声が漏れる。きつく閉じた瞼《まぶた》の裏で星が舞う。

そうして口づけながら、新川はアンダーシャツの下でひくひくと痙攣《けいれん》する歩の体を撫でまわした。乳首を抓《つま》むのはもちろん、腹や胸だけでなく、背中や腰にも直接手を這わせる。

気が付いたときにはソファに乗り上げ、新川の首筋に両腕をまわしていた。一方的にキスされるだけではなく、こちらからも舌を差し出して求める。

凄く、凄く気持ちいい。こんなの知らない。

事故に遭う前は溜まったものを出すため、たまに自慰をしていたが、それほど気持ちがいいとは思えなかった。元がそんなだったので、事故に遭ってからは一度もしていない。しかし今、体が芯から燃えたぎるようだ。

もっとキスしたい。もっと触ってほしい。もっと新川がほしい。——まるで欲の塊だ。

夢中でキスをしていると、下着越しにやんわりと性器を握られた。不意打ちの愛撫に放った嬌声《きょうせい》は、新川の口の中に溶ける。

いつのまにかデニムのパンツの前を暴かれていた。すっかり高ぶった劣情が、下着を押し上げている。しかもじっとりと濡れているようだ。

激しい羞恥を感じると同時に、新川の手が中に入り込んだ。躊躇《ちゅうちょ》なく直《じか》に触れたかと思うと、激しく擦《こす》り出す。

ひどく感じてしまって息苦しくて、歩は口づけから逃れた。

「ん！　んっ、はあ、や、やめ……！」

「嫌か？」

問いかけつつも、新川は愛撫を止めない。

どちらのものとも知れない唾液で濡れた唇で、歩は喘いだ。

「やじゃ、ない、けどっ……、そん、そんな、したら、出るから……！」

「出していいぞ」

ちゅ、と唇に軽くキスをされた。

しかし性器を擦る手は容赦ない。くちゅくちゅと淫靡で卑猥《ひわい》な音があふれる。

「あぁ、あ！　だめ、いく、いっちゃう……！」

もう到底我慢できず、歩は達した。勢いよく放たれたものが、新川の手と下着を濡らすのがわかる。

恥ずかしい。申し訳ない。

でも気持ちいい。凄く気持ちいい。

好き。新川が好き。

あまりに強烈な快感に、思考があちこちに飛ぶ。

はあはあと息を乱しつつ、歩は新川の胸に体を預けた。新川が額や頭に何度もキスをしてくれる。

うっとり目を細めると、艶めいた香りが鼻先をかすめた。先ほどは爽やかだったのに、今は全く違う香りのように感じられる。

いい匂い……。

新川のシャツに鼻先を埋めて、くんくんと夢中で嗅いでしまう。

するとなぜか、今し方達したばかりの性器に再び熱が溜まってきた。

「あ、あっ……？」

「まだ足りないか？」

歩の劣情に触れたままだった新川には、その変化はすぐに伝わったらしい。嬉しそうに聞かれる。

ただでさえ火照っていた体が、カアッとますます熱くなった。

「ご、ごめ……」

「謝らなくていい。俺に触られて、こんなにぐずぐずになってくれるなんて、嬉しいよ。もう一回しようか」

低く甘く囁いた新川の手が、ゆっくりと動き出す。

「あ、ぁん、待って、新川、待って」

「どうした?」

「俺だけ、やだ……。新川も、一緒に……」

新川は一瞬、息を詰めた。

が、やがて大きく息を吐く。

「いいのか?」

「新川にも、気持ちよくなってほしい……」

恥ずかしくて視線をそらしてしまったが、本心だった。

俺だけ気持ちよくなっても意味ない。

大好きな人には、一緒に気持ちよくなってもらいたい。

「わかった。じゃあ、ちょっと待て」

掠《かす》れた声で言うと、新川は空いた方の手で、穿《は》いたままだった自身の綿のパンツの前を暴いた。たちまち高ぶったものがまろび出る。

露《あら》わになった劣情は、歩のものより随分と大きかった。

しかし怖いとは思わなかった。嫌悪も感じない。それどころか泣きたくなるほど嬉しい。

ちゃんと、俺に欲情してくれた。

「辻内、俺のここに跨《また》がれるか?」

腿《もも》の辺りを示されて、うん、と素直に頷く。

どうにか膝で立ち、言われた通りに跨った。そろそろと腰を下ろしていると、パンツを下着ごと引き下げられる。猛《たけ》った性器が布に擦れ、あぁ、と派手な嬌声をあげてしまった。

「急に、何すんだよ……！」

照れ隠しもあって文句を言う。

が、新川は聞いていなかったらしい。歩のパンツと下着を器用に脱がせつつ、露わになった劣情に熱い視線を注ぐ。

「めちゃくちゃかわいい。それに、めちゃくちゃエロい……」

「な、何言ってんだ、バカ……！　スケベ、むっつり……！」

歩の劣情の先からとろりと滴り落ちたものを見て、新川は獰猛《どうもう》に笑った。

「スケベなのは、お互い様だろ」

「うう、そうだけど……」

ぐいと腕を引かれ、新川の腿に座らされた。その拍子に、互いの劣情が擦れ合う。

まるで計算していたかのように、新川は二つの劣情をまとめて握った。燃え盛る炎に触れているような錯覚を覚えて、ひ、と小さく悲鳴をあげる。

すると新川は、そのまま強く擦った。一度目よりもずっと敏感になった体では、次々に襲ってくる快感にとても耐えきれない。歩は新川にしがみついて淫らに腰を揺らした。感じたままの嬌声が次々にあふれ出す。

「あぁ！　は、あ、ぁん！」

「辻内、辻内、好きだ」

新川が荒い息の合間に、くり返し呼び、想《おも》いを告げる。

情欲で掠れた声にまた感じてしまって、歩は全身を震わせた。

「あう、ん、しん、かわ……、キス、キスして……」

途切れ途切れにねだった唇を、下からすくい上げるように塞がれた。口内を我が物顔で侵されると同時に、劣情を激しく擦られる。

「んっ、んー！」

歩は新川と同時に極まった。迸《ほとばし》ったものが、剝き出しの脚の付け根や腿に散る。

深いキスをされながらの二度目の快楽は、一度目以上に強烈だった。今、体を濡らしたのが自分と新川、二人の欲が混じり合ったものだと思うだけで、身震いするほどの喜びを感じる。

どこもかしこも敏感になっていて、歩は小刻みにわなないた。首筋に流れる汗にすら反応してしまう。全身がどろどろに溶けてしまいそうだ。

「うん、ん……、んん」

息苦しくてキスから逃れようとしたものの、新川の唇がすかさず追いかけてくる。

「あ、らめ、も、ぁん、んう」

執拗《しつよう》な口づけに、唇の端から飲みきれなかった唾液があふれ出した。何度も甘噛みされ、吸

われた舌は熱く痺れてしまっており、もはや愛撫に応えられない。新川に貪られるままだ。苦しい。けど、やっぱり凄く気持ちいい。

気が付けば、歩は再び新川の首筋にしがみつき、濃厚なキスを受け入れていた。

「決着がついてよかったな」

よく通る太い声で言ったのは収斉だ。

彼の正面に腰かけた新川は、恐ろしいほどの仏頂面で黙っている。

仕方がないので、新川の隣にいた歩がはいと返事をした。

「いらっしゃいませ。何名様ですか？」

接客する明るい声が聞こえてきたが、雰囲気は少しも良くならなかった。新川は不機嫌だし、収斉はそんな新川を少しも気にしていない。

場所は新川のマンションの近くにある和風喫茶である。日曜の昼下がり、店内にいるのは女性とカップルだ。十二月に入ったせいだろう、クリスマスの飾りがさりげなく置かれており、華やいだ雰囲気である。

俺ら、ていうか、新川と収斉さん、すげえ目立ってるよな……。

袷《あわせ》長着を身につけた、小山のような禿頭《とくとう》の大男。彼の正面に座っているのは、椅子に腰かけていてもわかる長身の凜々《りり》しいイケメン。視線を集めて当然だ。二人に比べると、歩はどこにでもいる大学生そのものである。

収斉から新川に、歩も交えて話がしたいと連絡があったのは一週間ほど前だ。歩を寺へ連れて行きたくないという新川の強い希望で、収斉がこちらへ来てくれることになった。そこで収斉が指定したのが、この喫茶店である。どうやら甘い物が好きらしい。

「器物損壊と俺たちへの傷害未遂だけじゃなくて、ちゃんと轢《ひ》き逃げ犯として捕まってよかったです」

気を取り直して言うと、うむ、と収斉は深く頷く。

「責任能力を問われるかと思ったが、かろうじて正気を保っているらしいな。おかげできちんと裁かれそうだ」

警察に聞いた話によると、犯人は轢き逃げをした直後から、己の行動がばれるのではないかと気になり、頻繁に現場へ足を運んでいたという。SNSも毎日チェックしていたようだ。しかし二年が経っても、警察が動く気配はなかった。ほとぼりも冷めただろうと安堵しかけていたところに、事件の目撃情報を求める投稿が再びネット上に現れた。バズったわけではないが、それなりに拡散されたことで、男の不安は膨らんだらしい。

いったい誰が、今更、何のために？

恐ろしくなった男は、次第に追い詰められていった。そして、ひとつの結論にたどり着いた。

いつまでもあの看板があるからいけないんだ。

「もっとも、奴が罰せられたからといって被害者が生き返るわけではないがな」

収斉の静かな物言いに、そうですね、と歩も静かに応じた。

ホナミの弟からは、SNSを通じて犯人逮捕の報告と礼が届いた。が、弟はもちろん、両親と恋人には、あれから一度も会っていない。かわりに、という言い方はおかしいかもしれないが、ホナミが事故に遭った場所に花を手向けた。言うまでもなく新川も一緒だった。

合掌を終えた新川は、苦笑まじりに言った。

——彼女、俺がおまえを好きになってること、けっこう早い段階でわかってたみたいだ。

マジで？　と驚く歩に、新川は頷いた。いわく、一回、あんた、この子のこと好きでしょ、ていう感じのジェスチャーをされた。

そういえば歩のアパートで一緒に牛丼を食べていたとき、新川が急に赤くなったことがあった。どうやらホナミにからかわれたせいだったらしい。

「お待たせしました」

着物を身に着けた店員の女性が、収斉の前にお汁粉セットを、新川の前にはほうじ茶ラテを置いた。続けてやってきたもう一人の女性店員が、歩の前に抹茶ケーキセットを置く。

二人の店員は、この人たちどういうつながり？　てか何者？　という好奇心いっぱいの視線を向けてくる。が、長居はせずに頭を下げて去っていった。

思わずほっと息をついていると、さ、食べようと収斉が促す。ここは彼の奢《おご》りなのだ。

「じゃあ、いただきます」

手を合わせて軽く頭を下げる。

収斉はにっこり笑って頷いた。

早速抹茶のケーキを口に運ぶ。濃厚だが、しつこくはなかった。すっきりとした甘さだ。

「これめっちゃ美味しい。新川も頼めばよかったのに」

隣でラテを飲んでいる新川を見遣《みや》る。

彼はやはり仏頂面だった。ニコリともしない。

「俺はそんなに甘いもの得意じゃない」

「あ、そうだっけ。でもこれ、そんなに甘くないから。一口食べる？」

「いや、俺はいい。おまえが食え。つか、そんな大口開けて食うな」

唇の端を新川の親指の腹が拭った。クリームがついていたようだ。新川は躊躇することなく親指を舐める。世話を焼かれて嬉しくて、ニコニコしてしまった。

うおっほん！　と今時コントでしか聞いたことがない咳払《せきばら》いが聞こえてきて、歩は驚いて収斉に向き直った。

「随分と仲が良いようだが、外ではほどほどにな」

「え、あっ、すみません……！」

歩は真っ赤になった。

新川は動じることなく、ふんと鼻を鳴らす。

ホナミが去ってから——新川と両想いになってから、一ヶ月半ほどが経った。その間、歩は少しでも時間があれば新川にくっついた。

新川は少しも嫌がらず、歩の好きにさせてくれた。それどころかしっかりと抱き寄せて、何度もキスしてくれた。

引き締まった体にぴったり抱きついたまま、歩はうざくてごめんと謝った。なんかわかんないけど凄くくっつきたくて、と言い訳になっていない言い訳をすると、新川は大きな手で背中を摩《さす》ってくれた。——うざくないから安心しろ。死者の声を聞くだけでも消耗するのに、生身の人間の怖さも体験したんだ。人肌が恋しくなっても不思議じゃない。

誤解されたくなくて、歩は慌てて付け足した。そうかもだけど、誰でもいいってわけじゃないから、新川じゃないとだめだから。

当たり前だろ、と新川は答えた。そして堂々と言い放った。俺以外の奴には絶対くっつくな。

その後、衣服を脱いで裸で触れ合った。

そうしてセックスをする度、何度もしたくてたまらなくなるのには困惑した。ネットの情報で男同士でも挿入できると知ると、新川の大きくて熱いものを入れてもらいたくて仕方がなくなった。淡泊だったはずの己のあまりの変化と貪欲ぶりに、不安になったことは言うまでもない。

俺はもしかしてインランなのか？　と真面目に尋ねると、もしかしなくてもインランだろ、と新川はしれっと答えた。ショックを受ける歩に、彼は続けた。――インランでもいいだろ。俺もおまえに関してはかなりインランだし。二人ともインランってことで。

嬉しくてたまらなくて、けれど猛烈に恥ずかしくて、にやにやすればいいのか怒ればいいのかわからず、赤面しつつ変顔をしてしまった。

「で？　わざわざ会いにきたのは、何か言いたいことがあったからだろ」

お汁粉を食べ終えて満足のため息を落としていた収斉に、新川が素っ気なく尋ねる。

うむ、と収斉は頷いた。

「辻内君に渡したいものがあってな」

収斉が懐から取り出したのは、深い藍色の数珠だった。新川が腕につけている数珠とよく似ている。

「これを身につけなさい。今、小さく聞こえている声も聞こえなくなる」

「え、でも……」

「君の能力は聞こえるだけじゃない。君の声には浄化の力がある」

唐突に話が変わって、へ？　と歩は間の抜けた声をあげた。

「そう強い力ではないがな。会話をすることで、悪意や恨みを取り除ける。現に門倉帆波は、君と話すことで浄化された」

「そんな、それは偶然で……」

「偶然じゃない。微力とはいえ滅多にない力だ。大切にしなさい」

諭すように言われて、思わず新川を見る。

新川は頷いた。

「もらっておけ」

「でも……」

「後で金を請求してきたら、俺が寺を訴えてやる」

冗談ではなく本気だとわかる物言いに、ははは、と収斉は楽しげに笑った。

「金はとらん。ただ、私が君に興味があるだけだ。もちろん無理は言わない。奏《かなで》に何をされるかわからんし、そこのそれも、どういう縁があったのか、君を護《まも》っているようだから」

収斉は歩の足元を見下ろした。新川の視線も、同じ場所に注がれる。

ナーン、と猫の鳴き声が聞こえた。

あ、いるんだ。

リラックスしているのが鳴き声から伝わってくる。収斉に悪意がないのは確からしい。

ちょっと高級な猫缶を買ってきてキッチンに置いたのは、ホナミの事件が解決した三日後だ。

次の日、蓋を開けた形跡はないのに、中身が空になっていて仰天した。

また猫缶、買ってこなきゃ。

歩は改めて収斉に向き直り、頭を下げた。

「じゃあ、遠慮なくいただきます」

数珠を手にとって、早速左の手首にはめる。

もはや日常と化していた小さなざわめきがぴたりと止まった。おお、と思わず感心の声をあげてしまう。

「止まったか。よかった」

「ありがとうございます！」

「はずしたら、また聞こえるからな。そのことを忘れるなよ。聞こえない状態に慣れすぎるのも良くない。ときどきははずすように」

はい、と歩は神妙に頷いた。収斉が言いたいことはわかる。「ある」ものを「ない」ことにはできない。

うむ、と頷き返してくれた収斉は、新川に視線を移した。

「おまえも辻内君と一緒に、一度寺に来なさい」

「なんで？」

「もう自分でもわかっとるだろう。彼と一緒なら、おまえは恐らく祓える。現に小物を消した。

修行すればきっとモノになるぞ」

え、何それ。初耳なんだけど。

驚いて新川を見遣ると、彼は整った面立ちを歪めた。

「辻内を巻き込む気はない。俺が祓う力を使うとすれば、辻内を守るためだけだ。たとえ金をもらっても赤の他人を助ける気はないから、力を磨く必要はない。だから修行はしない」

新川は淡々と言ってのけた。

収斉は瞬きをする。

「私は今、惚気《のろけ》を聞かされたのか?」

「かもな」

短く応じた新川に、収斉は愉快そうに笑った。頬を緩めたまま、おもむろに立ち上がる。

「では、邪魔者は退散するとしよう。何度も言うようだが、外ではほどほどにな」

からかう物言いに赤面しつつ、歩は頭を下げた。新川はやはり動じることなく、軽く会釈する。

収斉が店から出るのを見届けて、はー、と歩はため息をついた。

「やっぱり圧がすげえ……」

「まあ、能力がある人なのは事実だからな」

苦々しげに言って、新川はラテを飲んだ。

そのすっきりと整った横顔を見つめる。

「なあ、さっき収斉さんが言ってた、小さいのを消したって何のこと？」

「おまえと一緒に彼女の事故現場に行ったとき、数を数えた奴がいただろう」

「ああ、うん」

最初は幼い子供のような声だったのに、段々不気味な声になっていった。

「あれ、消えたって言ったけど、どうも俺が祓ったみたいなんだ」

「え、凄いじゃん！」

思わず言うと、新川は眉を寄せてこちらを見た。

「おまえが傍にいたから、てか、おまえに纏わりつこうとしてたやつだったから、祓えたんだと思う。だいたい、凄いのはおまえだ。声そのものに浄化の力があるなんて初めて聞いた」

「そうなの？　でも俺は普通にホナミさんとしゃべってただけだから、浄化とか大袈裟《おおげさ》だと思う」

「大袈裟じゃない。現におまえと話すことで、彼女は自分を取り戻していった。それに、犯人が俺にバットを向けたとき、おまえ、やめろって言ったんだけど覚えてるか？」

「あ、うん。覚えてる」

新川を助けたい一心で怒鳴った。改めて思い出すと怖くなって、思わず新川が着ているシャツの裾を握る。

新川は少し目を見開いたが、宥《なだ》めるように優しく手を撫でてくれた。

「あのとき、犯人が動きを止めただろう。同時に、奴にとりついてた黒いやつの大半が消えた。おまえが半分以上祓ってくれたから、そんなに力のない俺でも祓えたんだ」

「新川が犯人の手をつかんだとき、黒いやつが消えたのがわかったよ。俺たち二人で祓ったってことだよな？」

「ああ、恐らく」

ふうん、と歩は相づちを打った。新川が言うのだから間違いないのだろう。

しかし自分の声に力があるなんて、実感はまるでない。

「新川の力は本物だと思うけど、俺の力はたぶん、新川が危ないって思ったから発揮できたんじゃないかな。新川のためだったから、そういう声が出たんだと思う」

そうか、と応じた新川の声は嬉しそうだった。

「俺も、おまえを守るためだったから祓えたんだと思う。本当に無事でよかった」

心底安心した物言いに、大事にされていることを実感して照れていると、ふと己の手に重なったままの新川の右手が目にとまった。手首にこげ茶色の数珠がはめられている。

へへへ、と歩は思わず笑った。

「なんだ」

眉を寄せた新川の右手に、藍色の数珠をつけた己の左の手首をくっつける。

「おそろい」

一瞬、眉を上げた新川は、はー、とため息をついた。

「おまえは、ほんとに……」

数珠をつけた右手が頭に伸びてきた。撫でるようにして軽く押される。

「ケーキ、早く食べてしまえ」

「えー、せっかくだからゆっくりしようよ」

「だめだ。早く帰るぞ」

「だからなんで？　俺、ゆっくり食べたい」

フォークを手にとり、不満を隠さず尋ねる。

すると新川は真顔になった。切れ長の目が、スッと細められる。

「ここで言わせる気か？」

うわ、声がめちゃめちゃエロい。

「……わかった。食べるから待ってて」

囁いた自分の声も色めいていて、歩は赤くなりつつケーキを頬張った。

逢魔が時に、二人

大学の構内にあるカフェは、大勢の学生で賑《にぎ》わっていた。

二月に入ったばかりの外気は、身を切るように鋭く冷たい。暖かな室内は、休憩所というより避難所のようだ。

窓際の席に腰かけた新川《しんかわ》奏《かなで》の耳に届く会話の大半は、明日から始まる春休みの計画についてである。バイトに励む者、短期留学する者、旅行へ行く者、自動車やバイクの免許を取りに行く者、それぞれ楽しそうだ。

額の辺りに視線を感じて、文庫本に目を落としていた奏はわずかに眉を寄せた。

正直、見られることには慣れている。恵まれた容姿に生まれた自覚はある。現に、カフェにいる複数の女子学生からちらちらと視線を向けられている。じっとりと熱を含んだものから、憧れを滲《にじ》ませたもの、単純な好奇心を丸出しにしたものまで、様々だ。

けど今、俺を凝視してるのは人間じゃない。

なにしろ視線の主は斜め上辺り——天井に近い場所にいるのだ。

奏は一瞬、視線を上げた。

髪の長い女が、天井に張り付いていた。

血走った目で、じっとこちらを見下ろしている。

先ほどまではいなかったので、このカフェに新たに入ってきた誰かが外から連れてきたのだろう。心霊スポットや廃墟《はいきょ》巡りをする連中が、この手のものを拾ってくることはままある。

あんまり性質が良くないやつだ。

目が合ったのに近寄ってこないのは、手首につけた数珠のおかげだろう。

この手のものは生まれたときから数えきれないほど見てきたので、今更驚かない。

今の俺だったら、あの程度のやつは祓《はら》えそうだし。

並みより劣る弱い力だが、全く祓えなかったことを思えば大きな変化だ。ただ、二十歳に近い大人になって新しく手に入れた力を、積極的に使ってみようとは思わない。

俺がこの力を使うのは、歩《あゆむ》を守るためだけだ。

「奏！」

背後から呼ばれて、奏は肩越しに振り返った。

駆け寄ってきたのは、もともと愛敬《あいきょう》のある顔立ちに、さも嬉《うれ》しそうな笑みを浮かべた男だ。奏の恋人、辻内《つじうち》歩である。

水曜の今日の四限、歩は講義が入っていたが、奏は空きだった。一緒に帰るためにカフェで待っていたのだ。

恋人として付き合って約三ヶ月半。水曜はこうしてカフェで待つのが習慣になっている。

「待たせてごめん！　講義が長引いちゃって」

「そんなに待ってないから大丈夫だ」

そう言いながら、奏は歩を見上げた。ツンと尖《とが》った鼻の頭と頬が、ほんのり赤くなっている。外が寒かったのも原因だろうが、きっと急いで走ってきたせいだろう。もっとも、講義が早めに終わったときでも、歩は走ってくる。奏に早く会いたいからだ。

なんとも言えない温かさとむず痒《がゆ》さの両方を感じつつ、文庫本を閉じる。天井に張りついてこちらを見下ろしているもののことは、既に意識の外だ。

「何か食ってくか？」

「んー、や、いい、今は腹減ってないから」

「ほんとか？　おまえこの時間だと腹減った腹減ったって、いつもうるさいだろ」

「そんないつもはうるさくないし。あ、奏は？　腹減ってる？」

歩はむうと唇を突き出したかと思うと、小首を傾《かし》げた。

なんだろう、こいつのこのハムスター感……。

奏より十センチ近く背が低いとはいえ、百七十センチはある男だ。それなのに、どことなく小動物っぽい。

「いや、俺も減ってない。うち来るだろ。夕飯、何か買って帰ろうか」

「うん。あ、友達に聞いたんだけど、駅前の商店街に新しく手作りのお弁当屋さんができたんだって。そこの弁当買って帰らない？」

「ああ、じゃあ商店街に寄ろう」

うんと嬉しそうに頷《うなず》いた歩の視線は一心に奏に注がれ、ちらとも天井を見ない。聞こえるけれど見えない歩は、声が聞こえない限り、その存在に気付かないのだ。

奏は再び上目で天井を窺《うかが》った。

青白い顔をした女は、まだそこにいた。光が一切ない、黒い穴のような瞳が見下ろしてくる。歩も視界に入っているようだが、話しかける様子はなかった。

歩にちょっかいを出さないならいい。

収斉《しゅうさい》が念を込めた数珠とお守りのおかげだろう、歩に話しかけるものは少なくなった。話を聞いてもらいたい素振りは見せるが、近寄ってこない。事実、事故に遭ったホナミを見送って以降、歩が特定の霊と話しているのを聞いたことがない。

しかし油断はできない。数珠もお守りも魔除《まよ》けの一種ではあるが、全ての邪悪なものを退けることはできないからだ。収斉本人が、強大なものはもちろんだが、矢鱈《やたら》と狡猾《こうかつ》だったり、並外れて執着が激しいものには効かんこともあるかもしれんと言っていた。困っているものや弱いものに心を寄せる歩の性格が、付け入る隙を与えているという。

傍《そば》にいる俺が守ってやらないと。

ただ、少しは祓えるようになったけど、強いとは言えないからな……。

寺で修行すれば強くなれるかは、甚だ疑問だ。なにしろ小学生の頃、それなりにやってはみたものの、祓えるようにはならなかった。

　では、どうすればいいのか。

　ここ数週間、ずっと考えていることをまた考えながら、奏は背もたれにかけておいたコートを羽織った。

　濃紺の手袋をはめていると、歩が眉を寄せる。

「どうした」

「かっこいい。ずるい」

「手袋か？　気に入ったんならやるぞ」

「違う。奏がいちいちかっこいいのがずるい。コート羽織るとか手袋つけるとかだけでかっこいいって、どうなってんだ」

「いや、そんなこと言われても意味わかんねえし。ほら、帰るぞ」

「帰るけど、かっこいいからマジで。皆そう思ってるから」

「わかったわかった」

「なんだよ、テキトーに流すなよ。全然わかってねー」

　なぜか怒り出した歩に、奏は苦笑した。

　怒りの理由はよくわからないが、歩にかっこいいと言われて悪い気はしない。

　真っ青な顔でヘッドフォンをつけていた歩に声をかけたときは、まさか恋人になるなんて思ってもいなかった。

聞こえるけれど見えない。見えるけれど聞こえない自分とは反対の能力に興味を引かれたのは事実だ。が、歩に憑《つ》いた女性の霊の事件を一緒に解明するうちに、素直で屈託のないところや、人ならざるものにまで心を許し、その言い分に真摯に耳を傾けるところが危なっかしくて、放っておけなくなった。

放っておけないっていう時点で、歩が特別だって気付かなかった俺も俺だ。

なまじ容姿端麗だったせいで、言い寄って来る者は男女問わず後を絶たなかった。少しは気が紛れるかと、何人かと流されるまま付き合い、体の関係も持った。

しかし結局、誰にも心を惹《ひ》かれず、愛着も湧かず、長続きしなかった。冷たいだの酷《ひど》いだの、人でなしだのと言われたこともあるが、そんな悪口すらどうでもよかった。

ともあれ自分から関わりを持とうとしたのは、歩が初めてだ。

駅前の商店街は、夕暮れどきとあって大勢の人で賑わっていた。

帰宅途中だからだろう、穏やかな表情を浮かべている人が多い。安堵《あんど》や喜びといったプラスの感情が占めているからか、悪いものはほとんど見えなかった。

とはいえ戦後すぐにできた古い商店街だ。店と店の間の狭い路地に、黒い霧のようなものが溜《た》まっているところもある。歴史のある場所は、長い時間をかけて人の想《おも》いが降り積もっている。もちろん、恨みつらみもだ。

生きている人に交じって、買い物をしているつもりの霊もたまにいる。顔色が青白いだけではなく服装が今とは異なるので一目でわかる。ただ、人の想いが形になっただけらしく、生者に害は与えないようだ。訴えたいことがないせいだろう、歩に寄って来たりはしない。奏にも寄ってこない。

件《くだん》の弁当屋は、この商店街の端にあるという。奏は歩と共に商店街の手前にある駐輪場に自転車を停め、弁当屋へ向かった。

「今度、その弁当屋の近くにジビエのハンバーガーの店もできるんだって。跡継ぎがいなくて閉店する店がけっこうあるみたいなんだけど、そこにまた新しい店が入ってるらしいよ」

隣を歩く歩が、弾んだ口調で教えてくれる。友人が多い彼はこういった情報をよく知っているのだ。

足元から這《は》い上がってくる空気は冷えているが、二人並んで歩けば寒さは感じない。

「ジビエって、鹿とか猪《いのしし》とか？」

「そうみたい。食べたことある？」

「ある」

「え、マジ？　美味《おい》しい？」

「俺は好きだ。猪も旨《うま》いけど、鹿の方が好みだな。あっさりしてて旨い」

「へー、鹿ってあっさりしてるんだ！　バーガーにしたらどんな感じになるんだろ。俺、ブルーギルとブラックバスは食べたことあるけど、鹿と猪はないんだよな。食べてみたい」

「……外来魚とジビエは別物だろ」

「どっちも珍しい料理っていう点では同じじゃん」

　歩はあっけらかんと言ってのけた。

　突拍子もないことを口にしたかと思うと、恐ろしいほど大雑把なことを言う。恋人としてかわいいと思うのはもちろんだが、単純に話していておもしろい。

　人でないものが見えることで、視界に入ってきたものを口に出していいのか、だめなのか、いちいち考えなくてはいけなかった。幼い頃は、見えたままをうっかり話してしまって引かれたことも、一度や二度ではない。自然に人と関わることが億劫《おっくう》になり、他人に対して壁を作るようになった。そんな奏にとって、歩とのやりとりは新鮮だ。

「ハンバーガー屋さんができたら、一緒に食べような」

　嬉しそうに言った歩に、ああと頷いてみせる。

　すると、歩が突然立ち止まった。

　もうすぐ商店街が終わる。弁当屋は目の前だ。

しかし歩はきょろきょろと辺りを見まわす。

「どうした」

「や、なんか、呼ばれた気が……」

奏には何も聞こえなかった。

――まずい。

商店街の外側から黒いものが飛んでくるのがわかった。

咄嗟《とっさ》に歩の前に立ち、数珠をつけた腕で払いのける。

それは粉々に砕けて空中に散った。

路地で様子を窺っていたらしい淡い霧のようなものがざわざわと蠢《うごめ》く。

にらみつけると、ひゅっと奥へ引っ込んだ。

同時に、歩が全身を強張《こわば》らせたのがわかった。何か聞こえたらしい。

この商店街には何度も足を運んでいるが、こんなことは初めてだ。

「おい、大丈夫か？」

慌てて尋ねると、ん、と歩は頷いた。

しかしその顔は真っ白だ。微《かす》かに震えている。

「平気。ちょっとびっくりしただけ」

「何か言われたのか」

「言われたっていうか、声がすげえ気持ち悪くて……」

安心させるために歩の背中を幾度も撫《な》でながら、奏は周囲に視線を巡らせた。

行きかう買い物客たちは、気分が悪くなった友達を気遣う大学生、と認識しているようだ。心配そうな視線を送ってくる人もいる。

飛んできたものは、完全に消えていた。どうやら祓えたらしい。

ほっと息をつくと同時に、背筋に寒気が走った。

今日まで何度も通って、特に危険は感じなかった。安全だと思っていた場所でも、油断できないのか。

——否、むしろ、なぜ油断できた？

古い店が閉じ、新しい店が開く。人も入れ替わる。新生活への希望はもちろんあるだろうが、惜別や後悔もあるはずだ。転勤や転校で不安を抱えた状態で、初めてこの商店街を訪れる人もいるだろう。商店街をよく利用している人でも、病気や怪我《けが》、人間関係の悪化などで気持ちは変化する。旅行へ行った先から、悪いものを連れて帰ってくる人もいるかもしれない。もともといた悪いものが、それらに触発されて力を得ることもないとは言えない。

そう、状況は日々移り変わっているのだ。人が暮らしているところに、絶対に安全な場所など存在しない。気を緩めていた自分に腹が立つ。

「奏、もう大丈夫だから。ごめん」

歩が無理やり作ったとわかる笑顔を向けてくる。

「謝るな。俺が悪かった」

「なんで奏が謝るんだよ。奏は何も悪くないじゃん。てか祓ってくれたんだろ？　ありがと」

いや、と短く応じた奏は、なおも震えている歩の背を撫でながらきつく眉を寄せた。

今は確かに祓えた。

しかし次は？

俺には祓えないような悪質なものが襲ってきたら、どうする。


風呂から上がった歩を、奏はベッドに押し込んだ。

おとなしく布団をかけられながらも、歩はこちらを見上げてくる。

「ほんとに大丈夫だって。さっき唐揚げ弁当完食したの見てただろ。奏が買ってくれたプリンも食べたし」

「食べられたのはよかった。けど休んどけ」

「でも病気じゃないし、熱もないよ。ここまで自転車に乗って帰ってこれたんだし、マジで大丈夫」

口許《くちもと》まで布団に潜った状態で見上げてきた歩の顔色は、確かに良くなっている。風呂に入ったこともあって、頬はほんのりとした健康的なピンク色だ。

「今、声は聞こえないか？」

「うん、大丈夫。聞こえない」

歩が首を横に振るのを見て、思わずほっと息をついた。

じわじわと悔しさが湧き上がってくる。

「ごめんな、マジで」

「だから、なんで奏が謝るんだよ。助けてくれたんだから謝ることないって。てかマジで祓えるようになったんだな。凄《すご》いじゃん」

歩の手が伸びてきて、頬を優しく撫でられる。相当情けない顔をしていたようだ。

逆に心配されていることに気付いて深呼吸する。

——このままではだめだ。

歩が収斉にもらった数珠を身に着けているという安心感も、油断した一因だ。

歩を守るためには、収斉さんに頼るんじゃなくて、俺自身がもっときちんと祓えるようにならないと。

可能なら、調伏もできるようになった方がいい。

収斉が住職を務める寺において、「調伏」は「祓い」の延長線上にあるものの、少しニュア

ンスが異なる。悪いものを取り除くのが「祓い」なら、悪いものを滅ぼすのが「調伏」だ。一般的には「祓う」の方が通じるし、短い間しか修行していない奏にとっては、そちらの言い方が身近だ。だから奏も普段は「祓う」と言っている。

ふいに視界に白っぽいものが入ってきて、奏はぎくりとした。

一見すると黒い斑のある猫だが、一般的な猫よりかなり大きい。ハスキー犬くらいはあるだろう。耳が矢鱈に大きく、目も口も大きい。

ホナミの事故現場にいた猫っぽいものだ。どこへ行ったのか、このところ見かけなかった。以前より禍々《まがまが》しさが増した気がして、反射的に数珠をつけた手で追い払う。

が、猫には微塵《みじん》も効かなかった。

猫は怯《ひる》む様子すらなく、堂々と歩の傍に寄る。青白く鋭い歯がぎっしりと並んだ大きな口が開いた。鳴いたようだが、奏には聞こえない。

「あれ、猫だ。久しぶりだな、元気だったか？」

歩には鳴き声が聞こえたのだろう、嬉しそうに声をかける。

「歩」

思わず呼ぶ。

切迫した声だったせいか、歩はきょとんとした。

「何？　どうかした？」

「……あんまり油断するな」

「猫は大丈夫だろ。収斉さんも俺を護《まも》ってるって言ってたし」

「あのときは、だろ」

「もー、奏は心配性だなあ」

確かに今、猫に害意はない。邪気も抑えているようだ。

しかし、もともと清いものではないのだ。いつ牙を剝《む》くかわからない。奏はそうして無害なものから邪悪なものへと変貌を遂げたものをたくさん見てきた。

我知らず苦虫を嚙《か》み潰したような顔になってしまったそのとき、部屋の片隅に置いたバッグの中でスマホが鳴った。

電源は切っていたはずだ。にもかかわらず鳴っている。

「……収斉さんじゃね？」

歩の言葉に、奏はますます渋い顔になった。

放置しておけば鳴りやむかと思ったが、呼び出し音が途切れる気配はない。

「出たら？」

「俺に用事はない」

「でも出ないと、たぶんずっと鳴るよ」

歩の足元にいる猫が大きく口を開けた。真っ赤な口の中と、鋭い牙が剝き出しになる。

ぞっと背筋に寒気が走った。

「ほら、猫も出た方がいいって。大丈夫、この子もおとなしくしてるから」

よほど可愛《かわい》らしい声で鳴いているらしく、歩がそんな風に言う。

奏は仕方なく、猫をにらみつけたままベッドから離れた。バッグの中からスマホを取り出す。

画面に表示されていたのは、案の定、収斉からのメッセージだった。

――久しぶりだな。辻内君は元気か？　おまえの祓う力はどんな具合だ？　春休みに入ったことだし、一度、辻内君と一緒に寺へ来なさい。必要なら、二人とも修行させる用意がある。

ざっと目を通した奏は顔をしかめた。歩と一緒に修行しないかと誘われるのは、これが初めてではない。去年、ホナミの事件を解決した後にも言われたし、正月にも父を通じて打診があった。

「収斉さん、なんて？」

心配そうに問われて顔を上げる。

ベッドの中からこちらを見つめる歩の傍には、やはり猫のようなものがいた。

無防備すぎるだろう。

猫に対する警戒心がまるでない。慕ってくる者を拒めないのは、恐らく歩の生まれながらの性質だ。変えようとして変えられるものではない。

もっと警戒しろと苛々《いらいら》するときもあるが、奏は歩のそうした大らかで優しい性質も愛している。丸ごと大事にしたいし、守ってやりたい。

もし今、あの猫が本性を露《あら》わにして歩に襲いかかったらどうする。

「奏？」

首を傾げた歩に、奏は小さく息を吐いた。

「いつも通りだ。修行に来いって」

「そっか。やっぱり奏が心配なんだな」

「あの人がそんなまともなわけないだろ。ただでさえ見えるだけっていうのが珍しいのに、大人になってから少しは祓えるようになった前例がないらしいから、ただの好奇心だよ。あと、使える手駒がほしいんだと思う」

苦笑まじりに答えたそのとき、再びスマホが鳴った。また収斉からのメッセージだ。

――修行のこと、ちゃんと辻内君にも伝えなさい。彼が修行したいと言ったら、邪魔するんじゃないぞ。辻内君だけ来ても、うちは一向にかまわない。

奏は舌打ちした。誰が歩だけを寺へやるかよ。

憤慨しつつスマホをバッグに戻した奏はベッドを振り返った。

いつのまにか、猫はいなくなっていた。

何だったんだ……。

歩の様子を見に来ただけなのか、あるいは奏をバカにしに来たのか。もしかしたら両方かもしれないが、やはり得体が知れない。

歩を守るためには、今のままじゃだめだ。

正直に言って、寺は嫌いだ。仮にも僧侶を名乗っている連中の出世欲や名誉欲、虚栄心をまざまざと見せつけられた。もちろんまともな僧もいたが、それほど多くはなかった記憶がある。関わらずに済むのなら関わりたくない。

数珠やお守りを誂《あつら》えてもらってはいるものの、それも幼い頃の寺での経験を思えば恩義を感じるどころか、それくらいして当然だろう、と思ってしまう。

しかし今、嫌いだの好きだのと言っている場合ではない。

修行したところで今更力がつくとは思えないが、何もしないよりはましだろう。

奏は大きく深呼吸した。

「歩、俺、一回寺に行ってくるから。たぶん一週間くらいは戻って来れないと思う」

「え、そうなんだ？　じゃあ俺も行く」

「なんでだよ。行くのは俺だけでいい」

「それこそなんでだよ。俺も数珠のおかげでだいぶボリュームを調整できるようになったけど、まだ不安定なとこもあるから、収斉さんにいろいろ教えてもらいたい。他にも、俺にできることがあったら教えてもらいたいし」

「収斉さんをあまり信用するな」

「でも助けてもらってるのは事実だろ」

　否定できなくて黙ってしまう。

　歩はまっすぐ奏を見上げた。

「だいたい、奏が一人でお寺に行っちゃったら、その間会えないじゃん。せっかく春休みでずっと一緒にいられるのに、一週間も離れ離れなんて寂しいだろ」

　もごもごと恥ずかしそうに言われて、奏はため息を落とした。寂しいなどと言われたら、一人にするわけにはいかない。

　それに、歩が一人でいる間に悪い物が憑かないとは限らない。生活圏内だからといって安心できないのは、つい先ほどの出来事が証明している。傍にいてくれた方が安心だ。

「……わかった。一緒に行こう」

「やった！　あ、遊びに行くわけじゃないってちゃんとわかってるから。俺も真面目に修行するからな。でもやっぱり、奏と一緒に行くのは楽しみ」

　ニコニコと嬉しそうに笑う歩に、奏の頬も自然と緩んだ。

　俺も大概、歩に甘い。

「わー、すげー、マジでずーっと山だな」

　窓の外を見つめた歩が、感心した声をあげる。

　歩の言う通り、奏が運転するレンタカーはかれこれ三十分ほど山の中を走っていた。正午をすぎても薄暗い鈍色《にびいろ》の空の下、冬枯れの木々と、その木々に積もった雪、というモノクロの風景が延々と続いている。

　この先にあるのは、収斉が住職を務める洗輪寺《せんりんじ》だ。寺があるせいか、山は清らかな空気に包まれており、妙なものが見えることもない。歩にも声は聞こえていないようだ。

　修行初心者の歩がいるので、とりあえず三日、寺に滞在することになった。収斉は二人そろって来るのをかなり喜んだらしく、迎えの車をよこそうかと言ってきたが、もちろん断った。せっかくの歩と二人きりの時間を邪魔されたくない。

「奏、運転疲れただろ。次に退避所があったら休もうか」

「いや、いい。大丈夫だ」

　見栄《みえ》を張ったわけではない。山道はカーブが多く、慎重な運転が求められるというのにほとんど疲れていなかった。いつもは見ようとしなくても見えてしまうものが、一切視界に入ってこないせいかもしれない。

　洗輪寺は不動明王を本尊としているものの、もともとは日本古来の山岳信仰――修験道の流れを汲《く》む寺である。他の宗派に比べ、より実践的な呪術システムを有していることもあり、その筋ではかなり有名らしい。宗派を問わず、他の寺社が持て余した案件が持ち込まれることも珍しくないそうだ。明治時代、神仏分離、廃仏毀釈《きしゃく》といった新政府の宗教政策により、修験道が廃止されようとしたときですら、一部の要人の働きかけで一切干渉を受けなかったという。依頼の内容次第で大金が動くこともあるらしい。

奏がこれらの情報を正確に理解したのは、中学生になった頃だ。なにしろ初めてこの寺を訪れたのは、小学校二年生のときである。当時も収斉や寺の僧侶に説明を受けたが、ごく普通のサラリーマン家庭で育った奏には、ほとんど理解できなかった。ただ「見える」力をコントロールできるようにする場所だという認識だった。父にそう説明されたのだ。

——奏は人に見えない物が見えるだけだ。友達にも、走るのが速い子、歌が上手《うま》い子、絵が上手な子、いろんな子がいるだろう？　それと同じだよ。だから奏は何も悪くない。

今、車で走っているこの道を、やはり車を走らせつつ父は優しい口調で言った。

「あ、あれがお寺？」

歩が指さしたのは、木々に見え隠れする立派な屋根瓦だ。

自《おの》ずと眉間に皺《しわ》が寄った。いつもこの辺りまで来ると、胸が詰まったような息苦しい感じがする。小学生の頃の出来事がトラウマになっているのだろう。

大丈夫だ。俺はもう、小さい子供じゃない。

深呼吸して息苦しさを追い払った奏は、ああと頷いた。

「あれが本堂だ。他にもいくつか建物がある」

「観光地にある立派なお寺みたいだな！　前に話したうちの祖父《じい》ちゃんちが檀家《だんか》になってるお寺、もっと小さいよ」

「元ギタリストの坊さんの寺か」

「そう。収斉さんみたいに立派じゃないし威厳もないけど、気さくで話しやすいんだ。しょうもない愚痴とか、どうでもいい馬鹿話も聞いてくれる。祖父ちゃんと祖母《ばあ》ちゃんも話すメインは先代の和尚さんだけど、たまに息子さんとも話してるみたい」

「愚痴聞いてくれるなんて、いい坊さんだな」

お世辞ではなく本心だ。市井に生きる僧侶の役割は本来、そうして人々に寄り添うことだと奏は考えている。

そうかも、と歩も素直に同意した。彼が寺と聞いても変に身構えたりしないのは、その立派でもなければ威厳もない、元ギタリストの住職のおかげだろう。良い《い》意味での「生臭坊主」だ。

今から行く寺には、悪い意味での「生臭坊主」がいる。

知らず知らず身構えつつ、奏は来客用の駐車場に車を乗り入れた。

「着いたぞ」

「運転お疲れ様！　うわ、駐車場でか！」

「年に何回か、同じ宗派の僧侶が集まるからな。大型バスが何台か停《と》められるようになってんだよ」

「そんないっぱい坊さんが集合するんだ！　すげえ！　見たい！」

変なところに変な風に興味を持つ歩に、思わず笑ってしまう。

知らず知らず肩に入っていた力が抜けた。

寺を訪れるのは約二年ぶりだ。お守りや数珠のメンテナンスのため、最低でも二年に一度は来なくてはならない。前回はまだ免許を持っていなかったので、父に乗せてきてもらった。

ちなみに父には、歩と一緒に洗輪寺へ行くと連絡してある。歩との出会いを話しておいたせいか、詮索はされなかった。ただ、無茶はするなよと言われた。父には本当に助けられてばかりだ。

歩も両親に、奏と一緒に寺へ行くと話したそうだ。江戸時代から続く旅館を営む母方の祖父母が不思議な体験をしているせいか、こちらの家族は事故を機に変化した歩の境遇を素直に受け止めているらしい。気を付けて行っておいで、とだけ言われたという。そんなわけのわからない宗教施設に行くなんて、と反対されないのは本当にありがたい。

駐車場には、ぽつぽつと車が停まっていた。依頼者か寺の関係者の車だろう。

エンジンを切った奏は、早速車を降りようとした歩を、ちょっと待てと慌てて止めた。

「外めちゃくちゃ寒いぞ。マフラーつけろ」

へへ、と歩は嬉しそうに笑った。

「大丈夫だよ。奏は心配性だな」

「おまえが能天気だからだろ」

「あ、悪口だ」

「悪口じゃない、こともない」

「なんだよそれ、やっぱり悪口じゃん」

言い合いながら車を降りた途端、冷え切った風が吹きつけてきた。

さすがに平地とは違う。ずっと暖房の利いた車内にいた体には、痛いくらいの寒さだ。ぎゃー！　寒ぃー！　と叫ぶ歩に、だから言っただろ、とあきれる。

そうして歩と後部座席に積んでおいたバッグを取り出していると、誰かが歩み寄ってくる気配がした。

振り返った先にいたのは、中肉中背の体に黒衣を身に纏《まと》った禿頭《とくとう》の僧侶だ。年は五十代半ばくらい。収斉の濃い顔とは反対に、一重瞼《ひとえまぶた》の薄い顔立ちである。

顔を合わせるのは前回、数珠のメンテナンスに来たとき以来だから、約二年ぶりか。

「夕信《ゆうしん》さん、こんにちは」

「いらっしゃい、よく来たな」

のんびりと応じた僧侶――夕信はにこりと笑った。

「君が辻内君だね。遠いところ、よく来てくれた」

「あ、いえ、こちらこそ。はじめまして、辻内歩です、お世話になります」

歩は慌ててペコリと頭を下げる。

「私は洗輪寺の僧侶で、夕信といいます。早速宿坊に案内しよう。ついて来なさい」

言うなり、夕信は背を向けて歩き出した。

急いで後を追いかけつつ、誰？　どういう人？　と歩が目線で尋ねてくる。

とりあえず敵ではない、という意味を込めて頷いてみせると、歩はほっと息をついた。

もっとも、敵ではないかわりに、味方でもないかもしれないが。

初めて寺に来たとき、夕信はもうそこにいた。ただ、収斉や他の僧侶と違って期待の目を向けてこなかったし、プレッシャーもかけてこなかった。顔を合わせればにこやかに挨拶するものの、話しかけられたりはしなかった。気遣われたり、優しくされたりした覚えもない。付き添いとして来てくれていた父とも、世間話はしても、奏の力については話していなかったように思う。

夕信自身、特に力が強いわけではないようだったが、それを悔しいと思っている風もなかった。劣等感も感じられなかった。収斉とは別の意味で、飄々《ひょうひょう》としていた。

なんだかよくわかんない人だな、というのが小学生だった奏の正直な感想だ。

ただ、嫌悪感を抱かなかったという点で、他の僧侶とは違っていた。子供の頃、かろうじて寺へ通うことができたのは、夕信のように自分に関心がない人もいるとわかったからだ。少しは気が楽になった。

夕信が洗輪寺の対外交渉を担当していると収斉に聞いたのは、約二年前のことだ。依頼者と寺の間に入って、双方が納得のいく形を探る――主に金銭面で――役目を担っているらしい。

寺は慈善事業で悪霊祓いをしているわけではない。そこには必ず報酬が存在する。報酬は主に金だが、金以外の場合もある。便宜をはかったり、何らかの要求を通したり、様々だ。

いずれにせよ、一般社会で生きている依頼者と寺では常識が異なる。異質な二つの世界をうまく結びつけ、ビジネスとして成り立たせる人が必要だ。

特殊な力を背景に、寺の望むまま報酬を出させることもできないことはないが、それでは依頼者に恨みや憎しみが生まれ、話がこじれる。後々、禍《わざわい》の元となるかもしれない。寺を社会システムの一部として継続させることを考えれば、得策でないのは火を見るより明らかだ。

夕信がその役目についてからトラブルがほとんどないと聞いて、妙に納得した。

適度に愛想がよく、適度に俗物、適度に神聖で、常に冷静。そして何より、寺の価値観にどっぷりはまっていない。交渉人として、これほど相応《ふさわ》しい人はいないだろう。頭抜けて力が強い収斉であっても、真似《まね》のできない芸当だ。

夕信に続いて宿坊へ入ると、たちまち暖かな空気に包まれた。外の身を切られるような寒さとの落差に、思わずほっと息を吐く。

「新川君、辻内君」

夕信は振り返らずに呼んだ。

「いろいろ面倒なことになると思うけど、嫌ならすぐ帰っていいからな」

「面倒なことって何ですか」

「収斉さんのわがままだよ。わがままに付き合い切れないと思ったら帰ればいい。わがままと承知の上で利用するなら、それもよし」

淡々とした物言いに、歩が首を傾げる。

「利用って、どういう意味ですか？」

夕信はそこで初めて足を止めた。

同じく立ち止まった奏と歩を振り返り、にこりと笑う。

「誰かを気遣ったり、思いやったりする必要はない。自分たちのことだけ考えなさい」


夕信に案内された宿坊は、二人一緒の部屋だった。何の変哲もない和室だが、畳が入れ替えられて間がないせいか、子供の頃に泊まった部屋より明るく感じられた。あるいは畳云々《うんぬん》は関係なく、宿坊体験！　と興奮していた歩のおかげかもしれない。

上着と荷物を置いた後、くつろぐ間もなく若い僧侶に案内されたのは、別の建物にある収斉の私室だった。収斉は来客中らしく、こちらでお待ちくださいと言われた。

案内してくれた若い僧侶に見覚えはなかったが、僧侶の方は奏を知っているようだった。表面上は丁寧な態度だったものの、腹の内では警戒と好奇心、そしてわずかに羨望を抱いているのが伝わってきた。きっと奏の「見える」力のことを聞いていたのだろう。

ここは相変わらず、空気は清浄なのに生臭い。

「案外シンプルな部屋だなあ。思ってたのと違う」

奏の隣の座布団に正座した歩が、ぐるりと部屋を見まわす。

歩の言う通り、ごく一般的な和室である。中央に天然木の机が置かれている他は、赤々と燃える古い型の石油ストーブと、小さな桐《きり》の箪笥《たんす》が部屋の片隅に置かれているだけだ。

装飾の類は唯一、床の間に飾られた掛け軸のみである。その掛け軸に描かれているのも仏や曼荼羅《まんだら》ではなく、ごく普通の冬山の風景だ。

「ここはあくまで私的な応接室だからな。祈禱《きとう》したり呪法をやったりする部屋でもないし」

へー、と素直に感心する歩を見つめる。

まさか小学二年のときに通されたこの部屋に、恋人と呼べる人と一緒に来ることになるなんて想像もしていなかった。

奏の視線に気付いたらしく、歩はにっこり笑う。

「大丈夫だから」

「何が」

「俺が傍にいるから大丈夫」

優しくて強い眼差《まなざ》しを向けられ、言葉につまる。

どうやら奏が無意識のうちに硬くなっていたことに気付いていたようだ。幼い奏がこの寺へ連れて来られたことを、歩は知っている。こういうところは、本当に敵《かな》わない。

胸が熱くなるのを感じつつ、うんと素直に頷いてみせると、歩も満足げに頷いた。

「それにしても、夕信さんって不思議な人だよな。親切だけど、なんか距離があるっていうか、でも冷たいわけでもないし。ああいう人、初めてかも」

「夕信さんは昔からあんな感じだ。収斉さんも、あの人には一目置いてるっぽい」

「え、マジか。でもなんかわかる気もする」

歩が感心した声を出したそのとき、廊下で人の気配がした。

やがてスラリと障子が開く。入ってきたのは、漆黒の僧衣を纏った収斉だ。達磨《だるま》を思わせる大きな目と筋肉質な四角い体つきは、相変わらず押し出しが強い。

「おお、奏。辻内君もよく来てくれた」

相好を崩した収斉に、歩はペコリと頭を下げた。

「こんにちは、ご無沙汰してます」

「去年の十二月以来だな。元気だったか?」

「はい、おかげさまで」

収斉は歩の正面に腰を下ろした。そして歩と奏を交互に見遣《みや》る。

肌艶の良い顔に浮かぶ楽しげな表情に、嫌な予感がした。

「着いて早々悪いが、今回は二人に、うちで預かっている案件を任せようと思っている」

「いや、何言ってんだ。断る」

奏は間髪《かんはつ》をいれずに言った。今回、寺を訪れたのは力のコントロールを学ぶためだ。寺に持ち込まれた依頼を解決するためではない。

そもそも、二人とも偏りのある不完全な力しか持っていないのだ。どう考えても、洗輪寺に持ち込まれるようなややこしい案件の解決などできない。

収斉は奏の答えを読んでいたらしく、微塵も動じなかった。しかし、わざとらしく眉根を寄せる。

「なぜだ。せっかくの機会なのに」

「俺と歩じゃ解決できない。わかってるのに言わせるな」

「しかし去年の事件は解決できただろう。おまえたち二人の働きで轢《ひ》き逃げ犯は逮捕されたし、女性の霊は成仏した」

「結果的にそうなっただけだ。一歩間違えたら歩は怪我をしてた。もう危ない目に遭わせたく

ない。もしどうしてもって言うなら、俺一人でやる」

収斉をにらむと、ニットの裾を横からくいと引っ張られた。

振り向くと、歩はこくりと頷いてみせる。どうやら自らも話したいようだ。

歩を矢面に立たせたくはないが、彼も当事者である。言いたいことはあるだろう。

頷き返した奏に、歩は嬉しそうな顔をした。改めて収斉を見つめる。

「あの、奏、くんと俺は力について勉強しにきたっていうか、コントロールの仕方を習いにきたっていうか。スポーツで言ったら練習生みたいなもので、プロとは違います。だから何か取り返しのつかないことが起こってしまっても、責任がとれない。お寺に迷惑がかかるだろうし、依頼してきた人も困ると思います」

至極まっとうな意見だ。しかも寺と依頼者を気遣っている。

人ではないものの声が聞こえるようになり、歩は相当苦労したし、混乱もしたはずだ。実際、恐ろしい目にも遭った。それまでの価値観や人生観が、全てひっくり返ってもおかしくない。厭世的《えんせいてき》になっても不思議はなかった。

もしくは、己は特別な人間だと歪《ゆが》んだ選民意識を持つパターンもあるだろう。奏は小学生のとき、この寺でそういう類の人間を何人も見た。

しかし歩は今に至るまで、いわゆる「普通」の感覚を持ち続けている。そうしようと努力しているわけではなく、無意識のようだ。

歩はやっぱり凄い奴《やつ》だ。

肝心の収斉はといえば、やはり感心した素振りは見せたものの引かなかった。

「私が頼むんだから、責任は私が取るぞ。だから寺も依頼人も困らない」

「や、でも……」

「練習生でも模擬試合はするだろう？　どんなに練習しても、適切に使えるかどうかは実際にやってみないとわからない。奏にも君にも必要な指導はするし、サポートもするから、実地訓練だと思いなさい」

「や、あの、えっと……」

歩は眉を寄せて奏を振り向いた。収斉さんがサポートしてくれるんだったら、やった方がいいのかな、と目で問われる。

収斉はやはり、人好きのする笑みを浮かべて歩と奏を見守っている。

奏は知らず知らずのうちに、顔をしかめた。

自分たちのことだけを考えなさい、と夕信は言った。

自分たちのことを考えるからこそ、依頼を受けた方がいいのはわかる。適切に使えるかどうかは実際にやってみないとわからない、という収斉の言葉は、引き受けさせるために出た方便だろうが、真実だからだ。

いずれにせよ、端《はな》から断る選択肢は用意されていない。

「……歩に危険が迫ったら、すぐやめるからな」

「よし、決まりだな。じゃあ早速、明日から始めよう」

上機嫌で言った収斉に、はい、と歩は素直に返事をした。

奏は黙っていた。——先が思いやられる。


忿怒《ふんぬ》の表情を浮かべた大きな木像は、蠟燭《ろうそく》の炎で下から照らされていた。

ゆらゆらと揺れる灯《あか》りのせいで、カッと見開いた目が動いているように見える。まるで生きて、こちらをにらみつけているかのようだ。

この像は仏様で、悪い物をやっつけるために怖い顔をしているのだと聞かされた。

僕は、この仏様にやっつけられるのかな。

僕は人と違うから。お母さんが怖がるような、悪いものだから。

寺に来てから会った僧侶たちの中にも、冷ややかな視線を浴びせる者がいた。

——なんだ、ただ見えるだけか。祓えないなら意味がない。

——しかし見方を変えれば、祓えなくて良かったかもしれないぞ。収斉さんの遠縁ということは、へたをしたら跡取りということになる。

——ぽっと出の、寺とは縁もゆかりもない子供に諸々《もろもろ》奪われることにでもなったら、目も当てられないものな。

蠟燭の灯りが届かない暗闇で、ぼそぼそと誰かが囁《ささや》き合う。

嫌な声だ。胸がちくちくと痛む。

仏様だけでなく、この声の主にもやっつけられるのだろうか。

しかし一方で、常に視界にいる人ではない不気味な何かは見えなかった。

像を取り巻く空気は澄んでいる。

いつも重い体が、驚くほど軽い。こんなにすっきりとした心地になったのは、生まれて初めてかもしれない。

蠟燭の炎が、風もないのにゆらゆらと揺れる。

にらみつけてくるようだった目が一瞬、柔らかく微笑《ほほえ》んだ気がした。

仏様は修行する者を守ってくれる、とも聞いた。

もしかして仏様は、僕をやっつけるんじゃなくて、助けてくれるんだろうか。

奏、とふいに誰かに呼ばれた。

仏様が呼んだのかと思って、像を見上げる。

奏、奏、奏。

声は少しずつ大きくなる。

像はただ見下ろしてくるだけだ。声は別のところから聞こえてくる。

どこで呼んでいるのか、誰が呼んでいるのか、わからない。

でも、ひとつだけわかることがある。

あれは、僕を助けてくれる声だ。


「奏、奏」

遠慮がちに肩を揺すられて、奏はハッと目を開けた。

視界いっぱいに広がったのは歩の顔だ。

——ああ、あの声は歩だったのか……。

「大丈夫か？　長い間運転したから、やっぱり疲れたんだろ」

心配そうに眉を寄せた歩は、スウェットの上下を身に着けていた。つい先ほど風呂から上がったばかりなので、その頬はほんのりと上気している。

風呂を出たところにあるソファで水を飲みながら寛《くつろ》いでいたら、いつのまにかうとうとしてしまったようだ。

「大丈夫だ。ちょっと気が抜けただけ」

そう答えた自分自身に驚く。寺の施設にいて気を抜くなど、今まで一度もなかった。

歩が傍にいてくれるおかげだ。

「しんどかったら我慢しないで言えよ」

背中を撫でてくれる手が温かくてほっとする。

「大丈夫だって。歩、俺が心配性だって言うけど、おまえだって負けてない」

「なんか苦しそうだったから、心配して当然だろ。どこか痛いとか怠《だる》いとかある？」

「ない。変な体勢でうたた寝してたから息苦しかったのかも」

「ほんとか？　あ、水汲んでこようか」

「ああ、頼む」

手許に置いていた紙コップを歩に渡す。

歩は早速立ち上がり、すぐ脇にあるウォーターサーバーに駆け寄った。

暖房が緩く利いた広い廊下に置かれたソファにいるのは、奏と歩だけだ。一見すると、そこそこ高級な旅館のような風情である。

大人五人くらいは余裕で入れそうな風呂は、奏が小学生の頃には既にあった。もっとも、最近改装したようで、記憶にあるそれよりモダンな雰囲気になっていたが。

不動明王の像が、まだ脳裏に残っているのを感じる。

歩に名前を呼ばれたのは夢だが、蠟燭に照らされた不動明王は、初めて寺に連れて来られたときに見た光景だ。

最初は怖かったが、やがて恐れなくてもいいと悟った。

本当に怖いのは人だ。

奏が最初に怖いと思ったのは、収斉をはじめとする寺の僧たちではなく、母だったかもしれない。

母は人に見えないものが見える奏を、奏がいないところで気味が悪いと父に零《こぼ》していた。何かの病気かもしれないとあちこちの病院を渡り歩いていたときは優しかったのに、心身共に異常がないとわかると、腫れ物に触るような態度に変わった。

思い返せば、奏の言葉に振りまわされ続けた上に、四つ年の離れた弟の子育てもあり、母は追いつめられていた。事が事だけに、親に相談するのは躊躇《ためら》ったようだ。友人や親戚は言わずもがなである。父も精一杯育児に参加していたが、四六時中一緒にいるわけにはいかない。

当時、三歳だった弟に伝染《うつ》るかもしれないからどこかへ預けたい、と母が父に訴えているのを聞いてしまったのは、ある冬の夜だった。自分の部屋ではなかなか寝付けなくて、暖かなリビングなら眠れるかもしれないと、足を向けた矢先だった。スリッパの中の剝き出しの足から頭の天辺《てっぺん》まで、すう、と冷たい物が這い上がったのを、今もはっきりと覚えている。

ショックだった。目の前が真っ暗になったような気がした。

しかし同時に、納得もした。

怯《おび》えた母が奏を疎むようになるにつれ、黒い靄《もや》のようなものが彼女に付きまとうようになった。人の負の感情に引き寄せられたそれは、恐怖や嫌悪感を増幅させ、増幅したが故に、ますます悪いものを引き寄せる。奏の目に映る母は、全身黒に侵される寸前だった。

お母さんが真っ黒になっちゃう前に、僕はどこか遠くへ行かなくちゃいけない。

そう思いつめていた矢先に、父の親戚筋から洗輪寺へ行く話が持ち上がったのだ。奏は躊《ちゅう》躇《ちょ》することなく、行く、と応じた。

反対したのは、意外にも母だった。そんなわけのわからない、怖いところへ行かなくていい、と母は怒った。気味が悪い、どこかへ預けたい、と言った口で、奏はまだ七歳なのよ、トラウマになるようなことをされたらどうするの！　と父に食ってかかった。

嬉しくなかったと言えば嘘《うそ》になる。——お母さんは、僕を嫌ったりしてない。

しかし奏の目に映る母は、相変わらず黒く染まっていた。——お母さんは、僕を嫌ってる。

どれが母の本心なのかわからなくて混乱した。母と奏をそれぞれ宥《なだ》めてくれた冷静な父がいなかったら、本当におかしくなっていたかもしれない。

今ならわかる。嫌悪も恐怖も心配も、全て母の本心だった。

結局、成長しても母との距離が縮まることはなかったが、表面上は普通の親子関係を築けていると思う。弟とも特別仲が良いわけではないが、悪くもない。よくある兄弟関係と言えるだろう。

とはいえ、小学生の頃の記憶を呼び起こさないようにしているのは事実だ。

「はい、お待たせ」

差し出された紙コップを、ありがとうと受け取る。

半分ほど飲み干し、本当に大丈夫だという風に頷いてみせると、歩は安堵したように息を吐いて隣に腰を下ろした。

甘えているのか、それとも甘えさせてくれているのか、ぴたりとくっついてくる。どちらにしても嬉しいことに変わりはない。

「なんかこうやって見ると、普通に旅館に泊まりに来たみたいだな」

歩はきょろきょろと周囲を見まわす。

「遠方から相談に来る人もいるから、宿泊施設はけっこうちゃんとしてんだよ」

「ああ、この辺、旅館とかホテルないもんな。お風呂も気持ちよかったし、精進料理っていうの？　晩ご飯もめっちゃ美味しかった」

嬉しそうに笑う歩に、わずかな緊張は見てとれるものの憂いの影はない。夕食も残さず食べていた。

内心でほっと息をつきながら、顔をしかめる。

「面倒なことを引き受けさせられたんだから、飯くらい旨くないとな。ていうかおまえ、マジで大丈夫か？　嫌だったら今からでも帰るぞ」

心配が消えなくて尋ねると、歩は嬉しそうに笑った。

「奏もやっぱり心配性じゃん。俺は大丈夫！　訓練をやった方がいいのはわかるし、ほんとにやばい案件だったら、俺らに解決させようとしないと思うんだよね。いくら収斉さんが責任取るって言っても、何かあったらお寺の信用に関わるだろ。収斉さんが俺らで何とかできるって確信持ってる証拠だよ」

「まあそうだろうけど……。あの人のことだから、単純に俺らの能力が今、どんなレベルか見たいんだと思う。好奇心というか興味というか、とにかくそういう個人的な関心が先に立ってるみたいだから、夕信さんが言ってたようにまともに付き合う必要はない。嫌になったら我慢しないでそう言えよ」

「ん、わかった。ちゃんと言う。奏も嫌だったら言えよ」

真面目な顔で言われて、心配半分、愛《いと》しさ半分の何とも言えない気持ちになる。

奏は洗い立ての歩の髪を遠慮なくかきまわした。

「ほんとにわかってんだろうな」

「わかってるって。もー、何すんだよ、奏の方こそわかってんのか？」

「わかってる」

「だからやめろって、ぐしゃぐしゃになるじゃん」

止めようとしてくるのを避けて、なおも頭を撫でる。もー、とまた文句を言いながらも奏の隣から動こうとしないのは、本気で嫌がっているわけではないからだろう。こちらの頬も自然と緩む。

ふと鋭い視線を感じて、奏は手を止めた。

振り返ると、作務衣《さむえ》を身につけた二十代半ばくらいの僧が歩いてくるところだった。客ではなく、ここで働いている僧だ。反感を持っているように見えるのは、気のせいではあるまい。

「こんばんは。お世話になります」

歩が明るく声をかける。

あまりの屈託のなさに驚いたらしく、僧は怯んだ。歩に他意がないことがわかったのだろう、こんばんは、と小さく応じる。

僧は歩が手首につけている藍色の数珠に目を留めた。立ち止まり、奏の手首にあるこげ茶色の数珠と見比べる。

「——あなたも見えるんですか」

「え？　や、俺は全然見えません。聞こえるだけです」

歩の答えが意外だったのか、僧は瞬《まばた》きをした。どうやら奏の見える力については知っていても、歩の聞こえる力については知らなかったようだ。

「でも、この寺に来るのは初めてですよね」

「はい」

「今までどうやって生活してたんですか。聞こえるのを、ずっと放っといたわけじゃないでしょう。ここ以外の寺社に相談してたんですか？」

問い詰めるような物言いに、奏は眉を寄せた。

奏と歩に反発を抱いているのは、誰かに力を比べられたからか。あるいは単純に、能力が羨ましいのか。

歩を傷つけるなら許さない。

身構えた奏とは反対に、歩は気にした風もなく答える。

「どこにも相談してません。俺、聞こえるようになって半年も経《た》ってないんです。原因がわからなくて一ヶ月くらい一人で悩んでたんだけど、か……、新川君が俺の様子がおかしいのに気付いてくれて、助けてくれました」

な、という風に歩がこちらを覗《のぞ》き込んできたので、奏は苦笑した。

「大袈裟《おおげさ》だ。たいしたことはしてない」

奏は基本的に周囲に関心がなかったので、歩のことも知らなかった。当然、彼が事故に遭ったことも知らなかった。

しかしある日を境に、歩の周囲に大量の霊だの妖《あやかし》だのが集まっているのが見えた。幼い頃から「見えていた」奏ですら、それまで一度も見たことがない数だったので、ぎょっとしたのを覚えている。しかも日に日に増えていくのだから、気にしない方が無理だ。

あいつはなんで急にあんなことになってんだ。

そう思ったのが歩を認識した最初である。実際、そのときは助けようとは考えていなかった。歩が全く自衛していなかったことから、そういった世界とは無関係に生きてきたのは容易に想像できた。本来なら体調を崩したり、心を病んだりしてもおかしくなかった。

しかし歩はひどく辛《つら》そうにしていたものの、なんとか持ちこたえていた。もともとの精神が健全で、前向きな性格だったこと、そして恐らく、彼の声そのものが邪気を弱めていたからこそ耐えられたのだろう。

そんな人に出会ったのは初めてで、気が付いたら目で追っていた。

そしていつのまにか、力になりたいと思うようになって声をかけたのだ。

「新川さんは、普段からそうやって人助けしてるんですか?」

僧が低い声で尋ねてくる。

無視したかったが、それはそれでややこしくなりそうだったので、奏は短く答えた。

「いえ、してません」

「でも、この人は助けたんですよね」

「たまたまです」

「ほんとにたまたま同じ大学だったおかげで助けてもらえたんです。俺は運が良かった」

歩が答えたそのとき、おー、と力の抜けた声をかけられた。歩いてきたのは、やはり作務衣を着た夕信だ。

若い僧はハッと振り向いた。夕信を認めた途端、奏と歩に軽く頭を下げ、そそくさとその場を離れる。

歩み寄ってきた夕信は、僧の後ろ姿を見遣った。

追いかけることも呼びとめることもせず、こちらに視線を移す。

「湯加減はどうだった」

「ちょうど良かったです。旅館みたいでした。ありがとうございました」

嬉しそうに言って、歩はペコリと頭を下げた。

夕信はゆったり微笑む。

「や、私が沸かしたわけじゃないから。でも旅館みたいって言ってもらえてよかった。この宿坊をリニューアルしたときにプロデュースしたの、私なんだよ。風呂とか食事とかね」

「そうなんだ、凄い！　穴場の旅館みたいで凄くいいです。夕飯も美味しかった！」

そうか、よかった、と夕信は頷いた。

「まあ、今日はゆっくり休め。後で布団の感想を聞かせてくれると助かる」

「布団？」

「布団もナントカカントカっていう、快適な眠りを約束するやつを借りるようにしたから」

「え、マジですか。めっちゃ楽しみです」

歩はニコニコ笑う。

頼むな、と頷いた夕信は奏にも視線を向けた。

やはり威圧感はない。が、親しみもないように感じる。

「じゃあな、おやすみ」

「あ、はい。おやすみなさい」

軽く頭を下げると、夕信はこちらへやって来たときと同じように、ふらりと去って行った。

「やっぱり不思議な人だな」

ああと頷く。恐らく夕信は、先ほどの僧を追い払ってくれたのだろう。

いや、本当にこの宿坊の感想を聞きたかっただけかもしれない。

いずれにしても助かった。


依頼内容を知らされたのは、翌日の朝、朝食を食べた後だった。

依頼者は二十六歳の男性、潮田優人《しおたゆうと》。職業は会社員。実家を出て一人暮らし。

特定の宗教の信者ではない。周囲にもいない。墓参りは一人暮らしを始めてからはサボりがちで、ハロウィンには友人と仮装パーティを開き、クリスマスにはツリーを飾ってチキンとケーキを食べ、正月には神社へ初詣に行く、という典型的な日本人だ。

一ヶ月ほど前から、常に誰かの視線を感じるようになった。もしかしたらストーカーかもしれないと思い、帰宅時間をずらしたり通勤経路を変えたりと、生活パターンを変えてみたが、視線が消えることはなかった。

外出しているときはともかく、家にいる間もずっと見られている気がしたため、誰かが隠しカメラを設置したのかと疑い、部屋中を隈《くま》なく探した。しかし、それらしき物は見つからなかった。

同僚に相談してみたところ、会社の出入り口に取り付けられた防犯カメラの映像を確認してみたらどうかと提案された。その同僚と一緒に映像をチェックしてみたが、怪しい人物は映っていなかった。

また、マンションの管理人に頼んで防犯カメラの映像も見せてもらったが、同じく怪しい人物は映っていなかった。

気のせいだったか、と思い直したが、この頃から自宅で変事が起こり始める。

キッチンの床が水浸しになる、電化製品が次々に壊れる、スマホの電源が入らない、パソコンからひっきりなしにノイズ音が聞こえる。

加えて頻繁に目眩《めまい》がするようになり、食欲が落ち、微熱が続くようになった。

ここに至って、潮田はストーカーが原因ではないと理解した。何もかも人の仕業とは思えなかったからだ。

しかし霊的な体験をしたことなど一度もなく、スピリチュアル関係にも興味がなかった潮田は、どこへ相談すればいいかわからなかった。事が事だけに、離れて暮らす実家の家族はもちろん、友人や同僚に相談するのは躊躇われたようだ。だからといって、寺社関係に宛ても伝手《つて》もない。

藁《わら》にもすがる思いで訪ねたのは、自宅マンションからほど近い場所にある小さな寺だった。運が良かったのだろう、この寺の住職がたまたま洗輪寺を知っていたのだ。住職から連絡が入り、潮田の件は洗輪寺の預かりとなった。

資料を読み終えた歩は、大きなため息を落とした。

潮田さん、大変だっただろうな……。

霊的なものに全く縁がなかったのに、一気に引きずられたという点で、潮田が自分に重なったのかもしれない。

なんとかしてあげられたらいいな。

真摯にそう言った歩が無性に愛しくなって、奏は思わず彼を強く抱きしめた。

その日の午後、潮田は洗輪寺へやってきた。

面談を行うのは本堂や講堂ではなく、一般的な応接室のような部屋だ。二人がけのゆったりとしたソファが向かい合わせに置かれており、大きな窓もある。午後になって晴れ間が出てきたため、西に傾きかけた日の光が差し込んでいた。

潮田に何が起こっているのかはっきりしない以上、まずは会って話を聞くことから始めるのだ。

悪霊や外道に憑かれているとしても、どんな種類の悪霊なのか。

死霊なのか生霊なのかによっても、対処の仕方が変わってくる。

この人たちなら解決に導いてくれそうだという安心感を与えるため、奏と歩は用意された黒の僧衣を身に着けた。シャツに綿のパンツ、スニーカーという日常の服装は、ここでは逆に不安を煽《あお》ってしまう。ただ、瘴気《しょうき》や邪気をある程度防ぐため、手首につけた数珠はそのままだ。

僧侶に付き添われ、奏と歩、そして収斉が待つ部屋に入ってきた潮田は、シャツの上にニットのカーディガン、チノパンツという、どこにでもいる成人男性の出で立《い》ちだった。眉が若干太く、右の頬に黒子《ほくろ》がある他は、これといった特徴のない面立ちである。

しかし潮田の皮膚は二十代の若者らしい張りが全くなく、土気色だった。目の下には黒い隈がくっきりと浮いている。

そして何より目についたのは、潮田の全身を覆う黒い霧のようなものだった。姿を覆い隠すほどではないが、表情がわかり難《にく》いくらいには濃い。

「よろしくお願いします……」

か細い声で言って、潮田はぎこちない動きで椅子に腰を下ろした。土くれの人形のように、そのままぼろぼろと崩れてしまいそうだ。

隣に腰かけている歩は目を見開いていた。霧が見えているわけではなく、潮田の顔色の悪さに驚いているらしい。

収斉はといえば、潮田の背後に置いてある椅子に腰かけて様子を見守っている。潮田に付き添ってきた僧侶も、収斉の傍に寄った。

何かあったときにフォローするため同席すると収斉は言ったが、それ以上に、奏と歩がどう対処するかを見たいのだろう。やはり食えない男だ。

「こちらこそ、よろしくお願いします。どうぞ、楽にしてください」

落ち着いた口調で応じた奏は、改めて潮田を見つめた。

こんな風に黒い霧に包まれた顔色の悪い人間を、小学生のときに見たことがある。

悪霊や外道が憑いているわけではない。

これは、呪いだ。

生きている人間が、潮田に強力な呪いをかけている。

これほど強力な呪いをかけられるのだから、相手は玄人《くろうと》か。

あるいは、相当な恨みや憎しみを募らせた素人が、ただ潮田を傷つけたい一心で呪いに手を出したのか。

もし後者なら、呪った者にも相当なダメージがあるはずだ。

奏は歩を見遣った。

全身を強張らせながらも、潮田をじっと見つめている。緊張しているようだが、怯えている様子はない。

「何か聞こえるか？」

小さい声で問うと、歩は我に返ったようにこちらを向いた。こくりと頷く。

「なんか、すげえ喜んでる」

「喜ぶ？」

「うん、笑ってる。嫌な笑い方だ」

「言葉は聞こえるか？」

「何か言ってる気もするけど、聞き取れない」

呪った人間が笑っているのかもしれないし、呪詛《じゅそ》によって召喚された何かが笑っているのかもしれない。

いずれにせよ、呪詛返しをすべきだ。

が、更に返される恐れがある。最悪の事態も想定しなくてはいけない。

奏は縋《すが》るようにこちらを見つめている潮田に視線を戻した。

「いくつか質問させてください。大丈夫ですか？」

「はい、大丈夫です」

声は弱々しいが、目には力が戻ってきた。

まだ呪いは潮田を潰していない。

「あなたの周りに、体調を崩したり、短期間で性格が変わってしまったりした人はいませんか？」

潮田は緩慢に瞬きをした。

「周り……」

「はい。友人、会社の同僚、家族、親戚、近隣住民、小学校や中学校も含めた学生時代の同級生、たまに行く飲食店でもいいです。あなたに少しでも関わりのある人の中で、おかしくなった人はいませんか？　おかしくなった人がいる、と人づてに聞いただけでもかまいません」

ゆっくり、はっきりとした口調で尋ねる。

潮田は考え込むようにうつむいた。

しばらく動かなかったが、ふと身じろぎする。

「会社の同僚が……、一週間ほど前から、体調不良で、休んでます……」

「その同僚のお名前は」

「沢木《さわき》……」

ざわ、と潮田を取り巻く黒い霧が蠢いた。

——そいつか。

同僚ということは、恐らく素人だ。

「男性ですか、女性ですか」

「男です……」

「親しいですか」

「いえ、特には……。同じ企画課なので、仕事の話はしますけど、プライベートで会ったことはありません……。個人的な連絡先も、知らないですし……」

「同じ課ということは、一緒に働いておられるんですか?」

「いえ……、彼とは違うプロジェクトに関わっているので、同じフロアにはいますけど、一緒には働いていません……」

「最近、その方とトラブルはありましたか?」

「いえ……。何も……」

怪訝《けげん》そうに首を横に振った潮田だが、ふいに何かを思い出したように、あ、と声をあげた。

「何か心当たりが?」

「心当たり、と言いますか……。この前のコンペで、私の企画が採用されたんです……。そのとき、ちょっと、厭味《いやみ》みたいなことを言われました……」

「具体的に、何を言われたかお聞かせ願えますか？」

「調子に乗るな、的なことを……。あ、でも、笑ってたし、冗談だったと思うんですけど……」

「普段から、冗談でそういうことを言ってくる人なんですか」

「いえ……、あ、でも、入社して間もない頃、新入社員を対象にした、社内コンペがあったんですけど……、そのときも、言われた気がします」

「その社内コンペで採用されたのは、潮田さんの企画だったんですね？」

「はい……」

「沢木さんの企画はどうでしたか」

「採用はされませんでした……」

潮田の企画が採用され、沢木の企画は採用されなかった。

今、潮田があげた例は二つだが、他にも似たようなことがあったのではないか。

それだ、と奏は心の内でつぶやいた。

潮田は沢木に何もしていない。沢木が一方的に恨みを抱いている可能性が高い。いわゆる逆恨みだ。

奏は小さく息を吐き、潮田の土気色の顔をまっすぐに見つめた。

「潮田さん、落ち着いて聞いてください。あなたを呪っている人がいます」

敢《あ》えて淡々と告げると、え、と潮田は小さく声をあげた。想定外だったのか、どこかぽかんとした表情だ。

「のろい……？」

「はい。あなたを呪っているのは恐らく、沢木さんです」

「え、本当ですか……？」

「はい、間違いないと思います」

「そんな……。沢木が、なんで……。もしかして、コンペで負けたから？　そんなことで呪うんなんて……、嘘だろ……？」

狼狽《うろた》える潮田を取り巻く黒い霧が、またざわざわと蠢いた。濃くなったり薄くなったり、一点に集中したかと思うと、パッと散る。潮田がショックを受けたことに喜んでいるかのようだ。

歩が身じろぎする気配がして振り返る。歩は青い顔をしていた。奏の視線に気付いて、小さく首を横に振る。何か良くない声が聞こえているらしい。

早く呪いを取り除かないと、更に影響が出る。

潮田さん、と奏は落ち着いた声で呼んだ。

「呪いを受けている場合は、呪詛返しをします」

「じゅそがえし……」

まだ信じられないらしく、呆然《ぼうぜん》とつぶやいた潮田に、はい、と応じる。

「呪いを解くためには、呪いをかけた人に呪いを返すしかありません」

「え、じゃあ、沢木に、その、呪いが、返るんですか……?」

「そうです。呪いに限らず、呪術を用いた場合は必ず返りがあります。プロは返りから身を守る方法を知っていますが、沢木さんはきっと知らないでしょう。今回の場合は、素人の沢木さんのキャパを超えた呪いと思われるので、既に返っている。だから体調を崩して会社を休んでるんだと思います」

「キャパ、ですか……」

潮田は瞬きをくり返した。呪いや呪詛返しという言葉とは全く縁がなさそうな言葉が出てきて、戸惑っているらしい。

「呪詛返しをすれば、更に返るでしょう。他人に呪いをかけるということは、そういうことです」

やはり淡々と言って、奏は部屋の隅にいる収斉に視線を向ける。

収斉は満足げに目を細めて立ち上がった。

「潮田さん、お疲れ様でした」

「え、あ、どうも……」

今まで黙っていた収斉に突然話しかけられ、潮田は慌てたように頭を下げた。

収斉は妙に愛想の良い笑みを浮かべる。

「呪詛返しには準備が必要です。これから準備をして、明日、行います。今、話をお聞きしたこちらの青年が呪詛返しをしますので」

え！　と声をあげそうになったのを、奏はかろうじて呑《の》み込んだ。胡散臭《うさんくさ》い笑みを浮かべている収斉をにらむ。

何言ってんだ、俺には無理だ。

呪詛返しのやり方は、小学校二年の頃に教わった。が、使ったことはない。実際にやってみる前に、寺へ通うのをやめてしまったのだ。

「これから呪詛返しに必要な作業をお願いしますが、宿坊でもできる簡単なことですし、大した手間ではありませんのでご安心を。呪詛返し当日の明日は、潮田さんにしていただくことはありません。ただ、先ほど説明したように、また呪いがこちらに返ってくるかもしれない。だからこれから三日間、何か起きたときに対処できるように、寺の宿坊に泊まっていただきます。よろしいですか？」

「あ、はい……」

立て板に水、とばかりに滑らかに話す収斉の圧力に押されるように、潮田は頷いた。

こっちは全然よろしくねえ。

収斉をにらみつけていると、あの、と潮田が声をかけてきた。どこまでも真剣な、それでいて不安そうな眼差しを向けられる。

「ほんとに、沢木が僕を呪ってるんでしょうか……」

「そこは間違いないと思います」

潮田は言葉につまった。呪われるほど嫌われているのが、まだ信じられないようだ。

「好かれてはいないだろうとは、思ってたんです……。でも、呪うなんて……」

弱々しい物言いだった。呪いそのものだけでなく、呪った人物が身近な知り合いだったことで、二重に傷つけられている。気の毒としか言いようがない。

奏はできるだけ落ち着いた物言いを心がけて言った。

「呪いを受けた潮田さんにとっては、呪いはリアルなものですよね。でもこの国の社会では、呪いはリアルではありません。その証拠に、呪っても罪にならない。気に食わない相手に暴力を振るったり、何らかの方法で陥れたりすれば、刑事事件になります。でも、呪いでは逮捕されることがないので、ハードルが低いと言えば低いんです。リアルじゃないから、どうせ効かないだろうっていう舐《な》めた気持ちもある。だから特に強い感情がなくても、ストレス発散程度に気軽にやる人もいると思います」

沢木もそうかもしれない、と言外に匂わせる。嫌われているのは変わらないので、何の慰めにもならないだろうが、少しでも潮田の気持ちが軽くなればいい。

歩が潮田ではなく、こちらをじっと見つめているのがわかった。

潮田はわずかに頬を緩める。

「ありがとうございます……。あの、よろしくお願いします」

奏はただ会釈を返した。

潮田に付き添ってきた僧侶が、潮田を部屋から連れ出す。

ドアが閉まり、足音が遠ざかるのを確かめてから、奏は改めて収斉に抗議しようとした。

が、それより先に当の収斉が口を開く。

「奏は今から講堂へ行くぞ」

当たり前のように言われて、顔をしかめる。

「はあ？　なんでだよ」

「身を清めるためだ。それから呪詛返しをおさらいする。おまえが小学生の頃に教えたが、随分と時間が経ったからな。忘れていることもあるかもしれんだろう」

「教えられても俺にはできない。知ってるだろ」

奏はぶっきらぼうに言い返した。

歩は心配そうにやりとりを見守っている。

寺へ連れて来られた小学二年生のとき、子供なりに様々な修行をした。呪詛返しは実践しなかったが、修法や呪法、調伏法はいくつかやってみた。

しかし、ひとつも成功しなかった。素人同様、返りをまともに食らってしまったのだ。僧侶たちが防御してくれたので事なきを得たが、黒い塊が襲いかかってくるのを目の当たりにして、本当に怖かった。己に「返り」を受け止める力や防ぐだけの力がないことを痛感した。

そうして最終的に、たとえ修行を重ねても、見える以外の力を得るのは難しいと判断されたのだ。人を守る側ではなく、あくまでも守られる側ということである。

もちろん、人外が見えるだけでも特別な力には違いない。が、祓えなければ寺に持ち込まれる案件を解決することはできない。だから修行をやめ、収斉にもらったお守りと数珠で見える力を抑え、普通の生活に戻った。後に格闘技を習いに行ったのは、せめてフィジカルな面だけでも「守られる側」から脱却したかったからだ。

「おまえが修行したのは小学生の頃だろう。今は精神的にも肉体的にも、当時とは違う」

「年齢を重ねたからって力を得られるとは思えない。あんたたちもそう判断したから、俺を修行から外したんだろうが」

今更何だ、という思いもあって刺々《とげとげ》しい物言いになる。

収斉は真剣な面持ちになった。

「何事にも例外はある。実際、おまえは辻内君を守るために弱いながらも力を発揮した。互いを補い合える力を持った辻内君に出会ったことで、おまえの中に眠っていたものが触発されたんだろう。しかもおまえと辻内君は、精神的にも肉体的にも強く結ばれた。そのことも少なからずプラスに影響している」

にくたいてき、と小さく呟いた歩は、次の瞬間真っ赤になった。収斉にはとうに恋人同士だとばれているが、際どい内容は言われたことがなかった。

歩を庇《かば》う意味も込めて、前に身を乗り出す。

「今のはセクハラだ。謝れ」

「おお、そうか。すまん。最近はコンプラが厳しいんだったな」

少しも悪いと思っていない顔でしれっと謝った収斉は、しかし、と続けた。

「こういう世界に身を置いていると、神仏の力や験力《げんりき》にばかり目がいきがちだが、人間が持つ根源的な力も侮れないのは事実だ。そもそも肉体という器が存在しなければ、そこに宿る心も存在しない。肉体と心、どちらも大切ということだよ」

耳の縁を赤くしながらも、はあ、と歩は神妙に頷いた。確かにそうかも、と思っているのがありありとわかる。

ちょろい……。

素直なところは歩の長所だが、簡単に収斉の口車に乗せられそうで心配になる。

値踏みするように目を細めて歩を見ていた収斉は、奏に視線を移した。

「とにかく、おまえはもう一度修行してみた方がいい。やってみる価値はあると思うぞ」

「少しは祓えるようになったのは本当だけど、大した力じゃない。今回寺に来たのも、そんな本格的に修行をやろうとは思ってなかった。やったって無駄なことは、小学生の頃に証明済みだ。ここの僧侶が呪詛返しをした方が確実だろう。潮田さんにとっても、その方がいいに決まってる」

「さっきも言ったが、当時と今では状況が異なる。実地訓練だと言っただろう。無駄かどうかは、やってみないとわからない」

「あの、すみません、ちょっといいですか」

黙ってやりとりを見守っていた歩が、遠慮がちに口を挟む。

収斉と共に視線を向けると、歩はこれ以上ないほど真剣な顔で言った。

「呪詛返し？　ていうのは、修行とか一回もしたことのない俺にはできないと思うんですけど、他に何か、俺にできることはありませんか？」

「何言ってんだ。おまえはやらなくていい」

「なんで？　二人で引き受けたんだから、俺にもできることがあればやりたい。そうじゃないと、奏にばっかり負担がかかるだろ」

やはり真面目な顔で言われて、奏は言葉につまった。

小学生のときの寺での体験は、既に話してある。奏が辛くないように、自分ができることをやろうとしてくれているのだ。

寺という異空間。呪詛という、普通に暮らしていたら遭遇しない恐ろしいもの。歩にとってはストレスしかない状況なのに、思いやってくれている。

じんと胸が熱くなるのを感じつつ、歩、と奏は呼んだ。

「おまえはやらなくていい。俺がやるから」

「でも、奏ばっかりはおかしいだろ」

「俺は大丈夫だから。……おい、にやにやすんな」

歩に心から礼を言ってから、収斉をにらみつける。

おお、すまん、と謝ったものの、収斉はにやついたままだった。

「奏、辻内君と出会えてよかったな」

「よかったのは確かだけど、あんたに言われたくない」

「まあそう言うな」

表情を引きしめた収斉は、改めて歩に向き直った。

「辻内君、せっかく来てくれたんだ、君にもいろいろ教えたいのはやまやまなんだが、潮田さんのことを考えると早く対処した方がいい。だから今回の呪詛返しは、奏に任せてくれんか」

収斉の珍しく真面目な口調に、歩はハッとしたように瞬きをした。そして、わかりました、と神妙に応じる。

「潮田さんを助けるのが最優先ですよね。顔色凄く悪かったし、辛そうだったもんな。俺、奏と自分のことしか考えてなかった。すみませんでした」

「気にすることはない。辻内君にとっては初めてのことだらけだからな。冷静でいられなくて当然だ」

鷹揚《おうよう》に微笑んだ収斉は、奏に視線を移した。

「講堂の場所はわかるな？」

「ああ。一旦部屋に戻って、少ししたら行く」

「よし。部屋に装束を届けるから、着替えてから来なさい。待ってるからな」

満足そうに頷いた収斉をにらんでから、歩を促して部屋を出る。

並んで歩き出すと同時に、我知らずため息が漏れた。

歩が首を傾げて覗き込んでくる。

「奏、ごめん」

「何が」

「俺、何もできなくて」

眉を八の字に寄せた歩の背中を、奏は軽く撫でた。

「何もできないことなんかない。さっき笑ってるって教えてくれただろ。俺には聞こえないから、おまえが傍にいてくれるだけで心強い」

「ほんとに？」

ああと大きく頷いてみせると、歩はようやく頬を緩めた。

慰めではない。本当のことだ。歩が近くにいてくれるだけで安心できる。

そもそも、寺で修行しようと思ったのは、歩を守る力を得るためだ。収斉個人は信じられないが、収斉の力は信じられる。

もしかしたら、今の俺なら本当に呪詛返しができるかもしれない。

以前なら、できようができまいが、やってみようとは思わなかった。嫌悪感を拭いきれなかったはずだ。

しかし今、歩を守るためなら何でもやろうと思える。

気を引き締めた奏は、改めて歩を見下ろした。

「たぶん、今夜は遅くまで戻ってこれない。先に寝ていいからな。部屋で待っててくれ」

「わかった。もしどうしても辛かったら、収斉さんにそう言えよ。絶対、無理すんなよ」

「ああ、ありがとう」

「お礼なんか言わなくていい。待ってるから」

奏の袖をぎゅっとつかんで真摯に見つめてくる歩に、胸が熱くなる。

本当に、歩と出会えてよかった。

奏《かなで》は講堂に向かってゆっくり歩いた。

身に着けている装束は白い着物である。いわゆる山伏の格好に近い。

とうに日は落ち、山に囲まれた寺は漆黒の闇に包まれていた。雪こそやんだものの、気温は間違いなく氷点下だろう。吐く息は真っ白だ。

普段なら一目散に屋内へ避難するほどの低温だが、緊張感からか寒さを感じなかった。足袋に包まれた足指や剝《む》き出しの手指はかじかんでいるのに、体の芯は熱い。不思議な感覚だ。

本堂の奥にある講堂は、行者が修行に用いる建物である。以前入ったのは小学生の頃だから、約十年ぶりだ。

とはいえ、講堂はあくまで仮の修行場である。

本来の修行場は、寺を取り囲む山々だ。

日本古来の山岳信仰と大陸からきた仏教が融合した修験道の修行の基本は、「擬《ぎ》死《し》再生《さいせい》」という考え方にある。異界である山に入り、一度死んで、苦行をすることで罪を滅ぼし、生まれ変わるのだ。修行のための入山は死出の旅立ちと同義なので、行者は白い装束——つまり死に装束を身に着ける。

これらの考え方も、洗輪寺《せんりんじ》についての情報と同じく、中学生になった頃に自分なりに調べたり、父に話を聞いたりしてざっくり勉強した。修行には行かなくなったものの、お守りや数珠を誂《あつら》えてもらっている以上、寺の宗教観について最低限は知っておくべきだと思ったのだ。

修行は本来、短いもので数日、長いもので数ヶ月かかる。ただ、今は時間に余裕がない。そんなとき、洗輪寺では山ではなく講堂を異界に見立てて修行することになっている。がんばってな、気を付けて。あ、気を付けてって変か。でも気を付けてほしい。とにかく無理すんなよ。

奏よりもよほど緊張していた歩《あゆむ》を思い出す。

俺も緊張はしてるけど、落ち着いていられるのは歩のおかげだ。

開け放たれた講堂の出入り口に、黒の僧衣を身に着けた男が立っているのが見えた。夕信《ゆうしん》だ。

会釈をすると、夕信は笑みを浮かべて軽く頷《うなず》いた。

「呪詛《じゅそ》返しをやるんだってな」

「はい。できるかどうかはわかりませんけど」

「できなかったら収斉《しゅうさい》さんがやるだろうから、気を楽にしていればいい」

さらりと言ってのけた夕信を、奏は改めて見つめた。

黒衣を着ているということは、講堂で奏のサポートをするわけではないのだろう。

では、何のためにここにいるのか。

そもそも、夕信がこんなに何度も話しかけてくることは今までなかった。

「潮田《しおた》さんの件、こんな言い方したら失礼ですけど、寺にとっては小さい案件ですよね。呪詛返しができる僧侶はここ以外にもいる。普通の会社員の依頼に儲《もう》けとか得があるとは思えないし、いつもなら系列の寺に任せる案件でしょう。わざわざ洗輪寺に上げてきたってことは、俺と歩の練習台として最適だったから、ですか」

うーん、と夕信は曖昧な返事をした。

「まあ実際、練習は必要だからなあ。収斉さんみたいに力が強い人でも、人間だから不老不死にはなれないだろ？　組織として適度に若返っていかないと、今のシステムは維持できないから」

僧侶の格好でビジネスマンのようなことを言う夕信に、少しあきれる。

言っていることはよくわかるし、間違っていないと思うけれど、どうにも場違いだ。大学の講義でも聞いている気分になる。

相変わらず変な人だな……。

夕信はのんびりと続けた。

「収斉さんの思惑は知らないが、私としては若い人員を確保したい。それも特殊であればあるほどいい」

「なぜですか」

「カバーできる案件が増えるだろ。会社で特殊な資格を持ってる人が重宝されるのと同じだ」

「だったら気楽にしていいって言わない方がいいんじゃないですか？　やり遂げろって発破かけた方がいいと思いますけど」

「発破をかけても、できないものはできないから。ブラック企業じゃあるまいし、高圧的な態度をとって無理矢理仕事をさせるとか、無茶なノルマを課すとか、今時そんなことしないよ。何も無理強いはしないし、どうしてもやりたくない、嫌だと思ったら辞めればいい」

淡々と言われて、奏は思わず笑ってしまった。

収斉は恐らく、奏と歩を手駒にしたいと思っている。

夕信も、若い人員の確保、という一般社会で通用する言い方をしているだけで似たようなものだ。

しかし夕信の言う「若い人員」には自由意志が認められている。加えて夕信は、奏や歩を支配しようとはしていない。

こういうバランス感覚に長《た》けた人物だからこそ、依頼人と交渉ができるのだろう。夕信にとっては、契約を纏《まと》めるのと同義なのではないか。収斉には絶対にできない仕事だ。だからこそ、収斉も夕信に一目置いているのだろう。

——俺が子供の頃にも、こういう言い方をしてくれたらよかったのに。

きっと過度に緊張したり、嫌悪を抱いたりせずに済んだ。

いや、でも、子供では理解できないか。

「とりあえず、言われた通りにやってみます」

そうか、と夕信はあっさり頷いた。

案外、これで夕信なりに励ましてくれているのかもしれない。

「俺にできないってわかったら、きっとすぐに別の人がやってくれるだろうから、早めに決着をつけられたらいいんですけど」

「おう、がんばれ」

力の入っていない声で言われて、逆に気が抜けたそのとき、刺々《とげとげ》しい声が飛んできた。

「何を無駄口叩《たた》いている」

「さっさと入れ」

講堂の中から、白装束を纏《まと》った僧が二人出てくる。

一人は風呂場を出たところで絡んできた若い男だった。前と同じく、敵意を滲《にじ》ませた鋭い視線を向けてくる。が、夕信に気付いてばつが悪そうに目をそらした。

もう一人は三十くらいの小柄な男だ。こちらには見覚えがある。奏が小学生だった頃、見えるだけの子供だと陰で嘲った人物だ。

こんな小さい人だったのか……。

当時は大きく見えていたが、身長百八十センチを超えた今、冬でもなお日に焼けたその顔は随分と下にある。

相手も長身で引き締まった体つきの奏を前にして怯《ひる》んだようだ。ぎこちなく顎を引く。幼い頃のイメージを思い描いていたのかもしれない。

「よろしくお願いします」

会釈をしたものの、返事はなかった。

小学生だった頃にはわからなかったが、目の前の僧が能力的にそれほど優れていないと直感でわかる。

そんなだから、たいして力を使えないんだよ。

神仏は人が囚《とら》われている見栄《みえ》やプライド、嫉妬や野心など、全てお見通しだ。

もっとも、それらの生臭い感情すら己の力にできる人間もいる。収斉は恐らくこのタイプだ。

ただ、数は圧倒的に少ない。

「収斉さんがお待ちだ、さっさと入れ」

若い男が低い声で言ったのを合図に、二人は講堂の中へ踵《きびす》を返した。

俺はもう、初めてここへ来た小学生じゃない。

先ほどの僧とは違う。身も心も成長した。

何より守りたい人がいる。

力があろうがなかろうが関係ない。誰に馬鹿にされても、嘲られてもかまわない。自分が嫌な思いをした過去すらどうでもいい。

歩を守るためなら何でもする。

翌日の午前、呪詛返しを行うことになった。

歩の心配そうな眼差《まなざ》しと収斉の好奇に満ちた目線、そして数人の僧たちの敵意が滲む視線を感じつつ、奏は紙で作られた人形に筆で歌を書いた。

――今日よりはよもや祟《たた》らじ荒見前《あらみさき》、悦《よろこ》びなして返《か》へり給《たま》へや
――年を経て家に住みつる荒見前、出《い》でて行きぬる又かえりくな
細筆で文字を書くことは、それほど苦ではない。小学生の頃、近所の書道教室に通ったからだ。段をとるところまではいかなかったが、それなりに書ける。ただ、手がかじかんで思うように筆が動かなかった。携帯用の墨壺《すみつぼ》に、なかなか筆先が入らない。

もっとも、たとえ寒くなくても、うまく書ける自信はなかった。

白いはずの紙が真っ黒に見えるので、うまく書けているかどうかわからない。

昨日、収斉が潮田にかけられた呪いを人形に移した。この黒は、呪いが目に見える形で現れた結果である。

山の中で聞こえてくるのは川が流れる音と、木々の隙間を吹き抜ける風の、悲鳴のような音だけだ。

洗輪寺の裏山を流れる川のほとりにある東屋《あずまや》に、暖房はない。吐く息は白いが、風に攫《さら》われてすぐに消える。今日は朝からよく晴れているが、暖かさは全く感じない。

最後に護身法であると同時に調伏法でもある、四縦五横《しじゅうごおう》の九字《くじ》を書き終えた奏は、筆を置いた。

目を細めて人形を見下ろす。黒がわずかに薄まっている。そこに書かれた文字がなんとか読めた。書き損じはない。

ひとつ息を吐き、人形を手に立ち上がる。

東屋を出て川へ向かう。この人形を川へ流すのだ。

教えられた川辺まで行き、縁にある石に膝をつく。

少しの濁りもない透明な水が流れていた。小川というには幅のある川は、雪が降ったせいか水量が多い。

「ももの木にももせの罪はありながら、外道《げどう》あらしと払ひこそすれ……」

唱えながら、水に乗って流れていくようにそっと川面《かわも》に人形を置いた。

みるみるうちに人形が流れてゆく。

黒い霧のようなものが、その人形の後を追いかけるようについて行くのが見えた。

——たぶん、返せた。

「よし、成功だ」

収斉の一言で、張り詰めていた空気が緩んだ。

ほっと息をつく。知らず知らずのうちに全身に入っていた力が抜けた。

人形に呪いを移したのは収斉だ。だから呪詛返しの全てを行ったわけではない。奏がやったのは最後の仕上げの部分だけだ。

それでも、返すことができた。

少しは祓《はら》えるようになっていたとはいえ、本当にできるとは思っていなかった。

安堵《あんど》と感慨を覚えつつゆっくり振り向くと、真っ先に歩と目が合った。収斉たちと共に、川辺までついて来てくれていたのだ。

歩はぎこちないながらも微笑《ほほえ》んだ。お疲れ様、と唇が小さく動く。

奏はもう一度息を吐いた。

「後はまた呪いが返ってこないか、しばらく潮田さんの様子を見よう。奏、潮田さんに返せたことを報告しに行くぞ」

収斉に言われて、はいと素直に応じる。

僧侶たちは、それぞれ複雑な表情をしていた。悔しそうな者もいれば、これくらいできて当然だと言いたげな者もいる。

「あの、収斉さん、俺も一緒に潮田さんのところへ行っていいですか?」

歩が遠慮がちに尋ねる。

意外だったのか、収斉は瞬《まばた》きをした後、ああと頷いた。

「もちろんいいぞ。辻内《つじうち》君も一緒に行った方が、潮田さんも安心だろうしな」

ありがとうございます、と歩はほっとしたように頭を下げた。

僧たちは歩のことは気にしていないようで、さっさと山道を下り、寺へ戻っていく。

舗装はされていないが踏み固められた細い道を、奏と歩は先に歩き出した収斉に続いて下りた。前を歩きながら、歩が肩越しに見上げてくる。

「お疲れ様。呪詛ってああいう風に返すんだな、川に流すとかびっくりした」

「俺も最初に知ったときは驚いた」

やっぱり、と笑った歩は一瞬、視線を彷徨《さまよ》わせた。

言うべきか、言わないでおくべきか、迷っているようだ。

「何か聞こえたか？」

言いたくなければ言わなくていい、という意味を込め、できるだけ優しく尋ねる。

歩は決意したように、ん、と頷いた。

「流れてった人形、なんか、やっぱり笑ってた。あと、はっきりとは聞こえなかったんだけど、悪口っていうか、恨み言っていうか、そういうのを言ってた」

「恨み言ってどんな」

歩は言い難《にく》そうにうつむいた。

「消えろ、とか、死ね、とか……。なんか、他にもいろいろ言ってたけど、聞き取れたのはそれくらいで……。だから潮田さんのことが心配で……。呪詛返しは成功したんだし、俺が心配したところで、何もできないんだけど……」

呪詛返しが終わってもぎこちない表情だったのは、その声を聞いたせいか。

奏は咄嗟《とっさ》に歩の背中に手を置いた。掌《てのひら》を通して、歩の体が強張《こわば》っているのが伝わってくる。数珠をつけて以降、そうした声はほとんどシャットアウトされていたはずだ。きっと怖かっただろう。

ゆっくり背中を摩《さす》ってやると、歩はほっと息をついて続けた。

「潮田さんを呪った奴《やつ》の声だと思うけど、よくわかんない。とにかく、ホナミさんみたいな普通の声じゃなかった」

「呪詛返しをしても、普通、声は聞こえない」

ふいに前を歩いていた収斉が口を開いた。やりとりを聞いていたらしい。

振り向いた収斉は足を止め、奏と歩が追いつくのを待った。ぎょろりとした大きな目を歩に向け、にっこり笑う。

「辻内君はやはり、聞く能力は飛び抜けているな」

「や、でも、聞き取れなかった言葉もありますから……」

「さっき呪詛返しを見ていた僧たちは、聞き取れていなかったぞ。聞こえていたとしても、蝿《はえ》の羽音くらいの雑音だろうな」

「え、そうなんですか?」

ああと頷いた収斉には聞こえていたらしい。

また、歩に聞こえていたこともわかっていたようだ。

最初から声が聞こえるかもしれないと言っておいてくれれば、歩も心の準備ができたはずだ。怖い思いをしなくて済んだ。

思わずじろりとにらんだが、収斉は微塵《みじん》も気にした風もなく奏に視線を移した。

「潮田さんに報告が終わったら、潮田さんを呪った奴、沢木《さわき》だったか。そいつの様子を見に行ってきなさい」

「また呪いを返されるのを阻止するためか？」

「いや、返すことはできんだろう。返された呪詛で再起不能になっているだろうからな」

「だったら放っておけばいいだろ。呪いを返されて苦しんだとしても自業自得だ」

きっぱり切り捨てると、うむ、となぜか収斉は満足げに頷いた。

「しかし、呪詛を返された側がどうなるのか見ておくのも勉強だ」

確かに、呪詛返しをされた人を見たことは一度もない。わかった、と頷く。

すると、あの、と歩が遠慮がちに収斉に声をかけた。

「俺も一緒に行っていいですか？」

「辻内君も呪詛返しの結果が知りたいのか？」

「知りたいっていうか……。奏、くんが昨日、呪いはハードルが低いって言ったじゃないですか。ストレス発散程度にやる人もいるって。もし沢木さんがそうだとしたら、今頃、後悔してるんじゃないかと思うんです。予想外のことが起きて、パニックになってるかもしれない。逆恨みで人を呪うなんて、もちろん絶対しちゃいけないことです。奏の言う通り、呪詛を返されて苦しんでも仕方ないと思う。けど、ちょっと、沢木さんも心配というか……」

訥々《とつとつ》と紡がれた言葉の内容に、収斉は珍しく心底驚いたようだ。何度も瞬きをくり返して歩を見つめる。

奏も呪った者の心配をする歩に驚いた。が、歩らしいといえば、この上なく歩らしい。

この底抜けの優しさとお人好《よ》しは、歩の美点だ。苛立《いらだ》つときもあるが、奏が心から愛するところでもある。

「だから、俺も沢木さんの様子を見に行きたいです」

「なるほど、よくわかった。じゃあ一緒に行ってきなさい」

二つ返事で了承した収斉に、ハッとする。

沢木の様子を見に行くということは、寺の外へ出るということだ。そこに清浄な結界はない。ましてや沢木は一度は呪いをかけた人間だ。呪詛返しで我を失い、歩に危害を加えるかもしれない。歩が多少でも沢木の心配をしていることも、危うさに拍車をかける気がした。

悪いものは、人の心の柔らかい部分につけ込むのが巧《うま》い。

「いや、だめだ。俺一人で行く」

奏が拒絶するとは思っていなかったのか、えっ、と歩は驚きの声をあげた。

「なんで？　俺も行く」

「だめだ。万が一おまえに何かあっても、今の俺じゃ守ってやれない。寺で待っててくれ」

歩が心配な一心で言っただけだったが、当の歩は一瞬、きゅっと唇を引き結んだ。まっすぐに奏を見つめて口を開く。

「奏が、俺を守ろうとしてくれてるのはわかる。一緒にいたって、声が聞こえるだけの俺が奏の助けになれないのは事実だ。けど、一人で行くのは違うだろ。そういう風に守られても嬉《うれ》しくない」

歩にここまで強く出られたことがなかったせいか、頭の芯が熱くなった。

「じゃあどうすればいいんだ。おまえが危ない目に遭うのを、指を咥《くわ》えて見てろっていうのか？　俺にはそんなことはできない。だから俺一人で行く」

「ちょっと待ちなさい、奏」

収斉が割って入ってくる。

口を出すな、と奏が怒鳴る前に収斉は続けた。

「大事にするのはいいが、やり方を間違えるな。辻内君がおまえと一緒に寺に来たのは、彼なりに覚悟を決めているからだろう。その気持ちをないがしろにしてどうする」

こんなときばかり常識的なことを口にする収斉に、奏は歯噛《はが》みした。

自分自身はもちろん、他人も充分に守れる力を持つ収斉に、この気持ちはわからない。

しかし、歩の気持ちを置き去りにしてはいけないのはわかる。

わかるが、守れないのは事実だ。

奏の葛藤を読み取ったらしく、収斉はわずかに語気を弱めた。

「辻内君には私の護符を渡そう。だから安心して、二人で行ってきなさい」

「はい。よろしくお願いします」

歩はしっかり頷いて、収斉に頭を下げた。

反対に、奏は黙っていた。

結局、収斉に頼らなければいけない自分に腹が立つ。

そして歩の気持ちをわかっていてもなお、連れていきたくないと思ってしまう己の狭量さが情けなかった。


「ほんとに、ありがとうございました」

もう何度目かわからない礼を言った潮田の顔色は、随分と良くなっていた。頬はこけ、目の下には隈《くま》もあるが、辛《つら》そうな様子は全くない。彼を取り囲んでいた黒い霧も消えている。

「いや、まだ返される可能性がありますので、解決というわけにはいかないんです。申し訳ありませんが、もう少しご不便をおかけします」

こちらも何度も言った言葉をくり返す。

暖房が利いた暖かな和室にいるのは、潮田と奏と歩、そして収斉だ。

奏と歩は潮田と向かい合っているが、収斉は少し離れた場所に座っている。

山道で言い合いをしてからこの部屋へ来るまで、歩とは口をきいていない。

潮田は改めてこちらを見た。

「あの、さっき会社の同期と電話で話したんですけど、沢木、まだ休んでるらしいんです。かなり体調が悪いらしくて、休職も視野に入れて、病院へ行って診断書をもらうって言ってたって聞きました。結果の報告がないから人事が電話をかけたんですけど、何回かけても出ないそうで……」

呪いに返りがあることを、やはり沢木は知らなかったらしい。具合が悪いのは病気のせいだと思ったのかもしれない。

しかしきっともう、病院に行けるような状態ではないのだ。

まだ沢木が自分を呪ったと信じられないのか、潮田は複雑な顔で続けた。

「僕と沢木を含めた同期で共有してるメッセージアプリがあるので、人事に頼まれたのもあって、同期がメッセージを送ってみたそうなんです。一応返事はあったんですけど、文章がめちやくちゃでびっくりしたって言ってました」

「めちゃくちゃ？」

「はい。あの、これ。見せていいって許可はもらってあるので」

潮田は自分のスマホを奏に差し出した。

画面に表示されていたのは、メッセージアプリのスクリーンショットだ。

――人事の人が連絡つかないって困ってたよ。大丈夫？

同僚が送ったメッセージの返事は、確かに異様だった。

――大丈夫おまえのせいだおれのおまえが裏切りしねしねしねしねしねしね
奏の目には、文字が黒く滲んで見えた。こんな便利で現代的な通信機器を通しても、瘴気《しょうき》は伝わるのだ。

瘴気だけでなく、おまえのせいだ、と、裏切り、という言葉も引っかかった。

沢木が悪意を抱いているのは、潮田ではなかったのか。

もはや相手が誰であろうが、関係ないのか？

「このスクショを送ってくださった同僚の方は、お元気ですか？」

なぜそんな関係ないことを聞かれるのかわからない、という顔をしつつも潮田は答えた。

「元気だと思います。もうすぐ年度末だから、忙しそうではありますけど。あ、彼女は経理なんです」

「彼女、ということは、女性ですか」

「あ、はい、女性です」

彼女が何か気に入らなかったのだろうか。

隣で歩がうずうずしているのを感じて、奏は小さく息を吐いた。こんなおぞましい物を見せたくはない。しかし一緒に沢木のところへ行く以上、見ておいた方がいいだろう。

「すみません、彼にも見せていいですか」

「え、あ、はい。どうぞ」

潮田は歩にもスマホを差し出した。

歩は少し驚いたように奏を見た後、すぐに身を乗り出す。沢木のメッセージを読んで表情を硬くしたものの、目をそらさなかった。潮田に視線を移す。

「さっき電話で話されたってことは、潮田さんはこの方と親しいんですか？」

「え、あ、はい。同期なので飲みに行ったりします」

「あの、この方とお付き合いされたりしてますか？」

遠慮がちな歩の問いに、潮田は目を丸くした。たちまち赤面して頭をかく。

「そういうのもわかっちゃうんですね。凄《すご》いな……。付き合ってますけど、あの、まだ、付き合って三ヶ月くらいしか経《た》ってないので……」

恋愛だけでなく、人の感情の機微に疎い奏にも見当がついた。

沢木は恐らく、その同期の女性に好意を抱いていたのだ。仕事で負けた上に、好きな女性までも奪われた。

もしかしたら彼女がフリーのときに告白したにもかかわらず、ふられたのかもしれない。異様なメッセージを送ってきたのは、自分をふった彼女にも憎悪を抱いていたと考えれば納得だ。しかも潮田は、沢木の気持ちには全く気付いていないらしい。余計に腹が立ったのではないか。

妬み嫉《そね》みは、昔からよくあるありふれた感情だ。ありふれているからこそ、誰もが捕らわれる恐れがある。

歩はそのことに気付いてた。けど、俺は気付いてなかった。

己の未熟さを改めて痛感する。

収斉がこちらを見ているのを感じつつ、奏は口を開いた。

「同期の方に、これ以上メッセージのやりとりはしないように伝えてください。このアプリも消した方がいい。新しくダウンロードできるんだったら、面倒でもそっちに移ってください」

メッセージに載ってきた瘴気はほんのわずかだが、微量でも降り積もれば害になる。

奏の真剣な口調に、潮田も顔を引きしめた。

「わかりました、伝えます」

寺を出発する前、護符と共に沢木の個人データが届けられた。

昨日、潮田の口から沢木の名前が出た時点で、すぐに調べたらしい。寺には出資している興信所があり、個人情報を調べるくらいは簡単にやってのける。

年齢は二十六歳。企画課の社員で、実家を出て一人暮らし。

現住所だけでなく実家の住所や、家族構成、それぞれの職業まで事細かに調べられていて、寺の仕事はそういうものだとわかっていても、少しぞっとした。

沢木の父親は飲食店をいくつも経営しており、沢木は中学から大学まで私立の名門校に通っていた。成績優秀で、高校ではバスケットボール部のエース。社交的な性格で友人も多かったらしい。人気のあるイケメン俳優に似た風貌で、女性にもモテたようだ。大学卒業後に就職した今の会社も、有名な上場企業である。まさに順風満帆の人生だ。

しかし会社に入ってから、沢木の人生は変わり始めた。新入社員同士で競うコンペで、企画を採用されなかったのだ。その後、一度ならまだしも、二度も潮田に負けた。上司の評価も、きっと潮田の方が上だろう。好意を抱いた女性も、潮田と付き合い始めた。

もしかしたら沢木は、生まれて初めて劣等感を抱いたのかもしれない。

大人になってから味わうそれは、耐えがたいものだったのではないか。

妬みや僻《ひが》み、憎しみが抑えられないほどに膨張しても不思議ではない。

——俺は子供の頃だったけど、それでも劣等感は植えつけられた。

見えるだけで、他は何もできない。普通に暮らしていたら何もできなくて当たり前なのに、寺と関わったばかりに、必要のないコンプレックスを抱くことになった。母に拒絶された後に、追い討ちをかけられたようなものだ。

収斉をはじめとする僧侶たちには、お守りや数珠を誂えてくれたこと、そして悪霊や外道について基本的な知識を教えてもらったことには感謝しているが、寺ですごすことで自分は無能だという劣等感が芽生えたのは紛れもない事実である。

劣等感を抱えているという点では、俺は沢木と近い。

「山下りたし、運転替わろうか」

そっと声をかけてきたのは、助手席に座った歩だ。

「いや、大丈夫だ」

我知らず緊張しつつ、奏は短く答えた。

沢木のマンションへ向かうべく、二人で車に乗り込んでからはほとんど口をきいていない。このままでは良くないと思いつつも、どう声をかけていいかわからなかった。歩も時折何か言いたげな顔をしながらも、口を開かなかった。

昼頃から急に曇ってきた空は、今にも雪がちらつきそうな灰色だ。陽光は厚い雲に遮断され、山を下りても辺りは薄暗い。

車内は暖かいが、空気はぎこちなかった。

「大丈夫じゃないだろ。これからまだ二時間くらいかかるんだぞ。チェーンもはずした方がいいし、道の駅かどこかで交替しよう」

「チェーンははずすけど、交替はなしだ。帰り道、万が一俺に何かあったら、おまえに運転してもらわないといけない。だから体力は温存しておいてほしい」

歩は一度口を噤《つぐ》んだ。逡巡《しゅんじゅん》する気配がした後、ごめん、と小さく謝る。

「なんでおまえが謝るんだ」

「わがまま言ったから……。さっきも言ったけど、奏が俺のこと守ろうとしてくれてるの、わかってる。俺の気持ちをないがしろにしてるわけじゃないよな。沢木さんのことが気になったのはほんとだけど、奏が一人で大変な目に遭ってるかもしれないって心配しながら、一人で待ってるのは嫌だったんだ。だから、一緒に行きたいっていうのは俺のわがままだ」

ぽつぽつと紡がれた言葉に、ぎゅっと胸が締めつけられた。

奏が歩を大事に思っているように、歩も奏を大事に思ってくれている。

俺だけが歩を守ろうなんて、思い上がりだった。

ひとつ、息を吐く。

「俺を心配してくれたんだからわがままじゃない。俺こそ、きつい言い方して悪かった」

「ううん、全然。俺もごめん。奏は何も悪くないのに、ごめん」

何度も首を横に振った歩は、ごしごしと目を擦《こす》った。

奏はかつてないほど狼狽《うろた》えた。言い合いをしたのは、ホナミを祓うか、祓わないかで揉《も》めたとき以来だ。しかもあのときの歩は、ホナミや彼女の周りの状況に心を痛めて泣いてはいたが、奏と喧嘩《けんか》をして泣いたわけではなかった。

俺が泣かせたのは初めてだ。

「そんなに辛かったんだな。ごめん」

「や、これは……、なんか、このままぎくしゃくしちゃうのかな、とか考えて、俺が勝手に不安になっただけだから、奏が謝ることない。でも、あの、俺の気持ちはわかってほしくて。ほんと、わがままでごめん」

「だからわがままなんかじゃないって。ほら、泣きやめ。運転してるから拭いてやれない」

ちょうど赤信号に当たって車を停車させた奏は、左手で歩の頭を撫《な》でた。

歩はへへと照れたように笑う。

「拭いてくれなくてもいいよ。それくらい自分で拭くから。あ、信号青になるぞ」

歩は自分の頭に乗せられた奏の手を取って、ハンドルの方へ戻した。

愛《いと》しさが胸にじわじわと湧いてくる。

歩が大事だ。俺を大事に思ってくれる歩を守りたい。

俺の祓う力がもっと強かったらよかった。

弱いから心配をかける。俺が守るから一緒に行こうと、自信を持って言えない。

見下した僧侶たちの視線が脳裏に甦《よみがえ》った。見えるだけで祓えない。出来損ないだ。

——悔しい。強くなりたい。誰よりも。


コインパーキングに車を停《と》めた奏は、歩と共に沢木のマンションへ向かった。

山よりは暖かいが、日が傾いてきたせいもあり、吹きつけてくる風は冷たい。

「普通の街だなあ」

ダウンジャケットのポケットに両手を突っ込んだ歩がつぶやく。

周囲には雑居ビルや商店街がある。歩や奏が住んでいる場所と変わらない、特別珍しくもないありふれた街並みだ。

ところどころに人以外のものがいるのも、他の場所と変わらない。電柱の脇でうつむいて立ち尽くす男、ビルの入り口に蹲《うずくま》っている女、小さな黒い塊の集団をやりすごす。

「呪ってる奴が普通の人間だからな」

「確かに、普通に会社で働いてんだもんなあ。呪いとかっていうとすげえ特殊な感じがするけど、普通の街に住んでる、普通の会社員がやったことなんだよな。あ、だから余計に呪いがどういうものかわからないままやっちゃったのか……」

歩がつぶやく。

車を降りるとき、ここで待っててくれと言いかけたのを苦労して呑《の》み込んだ。

きっと歩は嫌だ、一緒に行く、と言ってついて来るだろう。

本当に危ないと悟ったら引くかもしれないが、奏を放って自分だけ逃げたりはしない。

歩の強くて芯のあるところも好きだ。

そんな歩だからこそ、強くなって守ってやりたい。

「あ、あれじゃね？」

歩が指さした先にあったのは、もらった資料に写真が載っていた、何の変哲もない五階建ての建物だった。１ＬＤＫの単身者用のマンションである。

沢木が住む二階の角部屋の辺りに、黒い霧がうっすらとかかっている。

外から見てもわかるなんて、相当強い呪いが返ったらしい。

隣にいる歩が、ふいに顔をしかめた。

「何か聞こえるか？」

「ん。だいぶ苦しそうだけど、すげえ怒ってる……。なんで俺がこんな目に、みたいなこと言ってる」

そうか、と頷いた奏は深呼吸した。

歩と共にマンションの入り口にたどり着く。エントランスに入るが、そこから先はオートロックになっていた。収斉いわく、まずは部屋の番号を押すこと。向こうに通じたら、潮田さんから預かり物があると伝えなさい。

インターフォンに出なかったらどうするんだと尋ねると、出る、と確信を持った答えが返ってきた。収斉には恐らく、呪詛返しをされた沢木の有様がはっきりとわかっているのだ。

歩に見守られながら、ゆっくりと番号を押す。

ぶつ、と耳障りな音がした。

——通じた。

しかし返事はない。ただ荒い呼吸の音が聞こえてくるばかりだ。

「沢木さん、こんにちは。潮田さんから預かり物です。開けてもらえますか?」

落ち着いた口調で言うと、しおた、と掠《かす》れた声が聞こえた。

歩が思わず、といった風に耳を塞ぐ。奏が聞いた声以外にも、何かが聞こえているのだ。

息を詰めて様子を窺《うかが》っていると、ロックが解かれた。

ふ、と息を吐いて歩を見下ろす。

「大丈夫か?」

頷いた歩は、耳からそっと手を下ろした。迷いのない瞳でまっすぐに奏を見上げてくる。硬くなってはいるようだが、恐れてはいない。

「行こう」

「……ああ」

この期に及んでもまだ置いていきたい気持ちを抑えて、オートロックを抜ける。

待っていたエレベーターに、二人同時に乗り込んだ。二階のボタンを押す。

すぐに二階へ着いた。扉が開いた途端、手首につけていた数珠が細かく震える。

近い。心臓が早鐘を打ち始める。

突き当たりの部屋のドアの前に、うっすらと黒い霧がかかっていた。資料を見て確かめるまでもない。あそこが沢木の部屋だ。

奏が先に立って部屋へ向かった。歩も間を空けずについて来る。

緊張しているせいか、もはや寒さは感じない。

ドアの前まで来た奏は、後ろにいる歩を振り返った。

「護符はちゃんと持ってるな?」

「持ってる。大丈夫」

「俺から離れるなよ」

「わかった」

歩がしっかり頷いたのを確かめてから、奏はドアノブに手をかけた。ゆっくりと引く。

もしかしたら鍵がかかっているかもしれないと思ったが、簡単に開いた。

刹那、中から黒い霧があふれ出てくる。

奏は咄嗟に邪気を祓う「早九字《はやくじ》」を切った。

「臨《のぞ》める兵《つわもの》、闘《たたか》う者《もの》、皆《みな》、陣破《じんやぶ》れて前《まえ》に在《あ》り」

早口で唱えつつ、刀印で横五本、縦四本に宙を切る。

纏わりついてきた霧が、ぶわ、と一気に離れた。——効いた。

「行くぞ」

短く声をかけて、中へ足を踏み入れる。

どこもかしこも真っ黒だ。曇っているとはいえ、まだ太陽は沈みきっていないのに、夜闇の中にいるように暗い。

にもかかわらず、なぜか周りがよく見えた。暗所専用のカメラが目に取り付けられたかのようだ。数珠のおかげか、奏自身の能力のおかげかは、わからない。

段ボール箱がいくつも廊下に転がっている。中に入っていたらしい緩衝剤や、郵便物もあちこちに散らばっていた。

足をとられないように気を付けながら、再び早九字を切る。

「臨める兵、闘う者、皆、陣破れて前に在り」

じわじわと寄ってきていた黒い霧がパッと散る。

殊更黒が濃い場所へ進む。恐らくこの先はリビングだ。

閉まっていたドアをゆっくりと開ける。カチカチカチ、と数珠が細かく震えた。

歩が息を吞む。

部屋の片隅に黒い塊がいた。ぶつぶつと何かを呟《つぶや》いている。

――あれは沢木だ。

幼い頃に見た母も黒く染まっていたが、その比ではない。

呪詛を返されると、こんな風になってしまうのか……。

強力な呪いが返ってきたのだ。つまり、潮田にかけた呪いもそれだけ強かった。

自業自得だという思いは変わらない。

しかし、劣等感をなくすことができなかったことは哀れに思った。

――俺も、一歩間違えたらこんな風になってしまったかもしれない。

否。これから先、こんな風にならないという保証はない。少しは祓えるようになったが、劣等感が消えたわけではないのだ。

視線を感じたのか、黒い塊が身じろぎした。

奏と歩が佇《たたず》んでいるのを認めたらしく、勢いよく顔をはね上げる。

目が合った瞬間、全身に鳥肌が立った。

沢木は確かに生きているのに、瞳には一切光がなかった。真っ黒い穴が空いているだけだ。

「なんだよ……、なんであいつなんだ……」

掠れた声でつぶやく。まだ自我が残っているらしい。

「あいつというのは、潮田さんのことですか?」

奏がゆっくり尋ねると、沢木はガタガタ震え出した。

「俺が、あんな奴に負けるなんて……。俺だって、努力した……。勉強もした……。それなのに、採用されるのは、潮田の企画ばっかりで……! 部長も、潮田ばっかり褒めるし……、菊《き》田《く》さんも、なんであんな奴と……! 俺の方が、ずっと、ずっと優秀なのに……!」

次々に潮田の悪口が出てくる。

やはり相当な劣等感を持っているのだ。

背後にいた歩が、沢木さん、と意を決したように呼んだ。

「あの、そうやって、誰かを憎み続けたり、羨んだりするのって、辛くないですか?」

邪気と瘴気が満ちた空間に、柔らかな声が響く。

はあ? と沢木は不穏な声をあげた。黒が一気に濃くなる。

「羨ましくなんかない! なんで俺があんな奴を、羨ましいと思わないといけないんだ!」

声がひび割れた。黒が爆《は》ぜる。

歩は辛そうに一瞬、目を眇《すが》めたものの、怯まず続けた。

「すみません。羨ましくないなら、ないでいいんですけど、でも、今、苦しいでしょう」

「潮田のせいだ！　潮田がいるから、こんなことになった！　あいつさえいなくなれば……！」

黙っていられなくて、奏は口を開いた。

「潮田さんは、いなくなりませんよ」

沢木の黒い穴のような目が、こちらに向いた。

怒りと憎しみ、そして絶望をそこに見出《みいだ》す。

俺も、こうなるかもしれない。

そう思いつつ続ける。

「あなたが呪っても、潮田さんはいなくならない。潮田さんを避けて別のところへ行ったとしても、そこにまた潮田さんみたいな人がいるかもしれない。また憎らしくなる。羨ましくなる。もし潮田さんのような人がいなくても、自分が思うような評価が得られるとは限らない。むしろ、潮田さんがいる環境よりも、評価は下がるかもしれない」

沢木が呻《うめ》いた。絶望の色が濃くなる。

歩が腕をそっとつかむのがわかった。

その感触でつい今し方まで、自分が真っ暗な中に一人でいたのだと気付く。

しかし今は、独りではない。

歩がゆっくり口を開いた。

「自分にないものを持ってる人を羨ましく思うのは、珍しいことじゃありません。自分がほしくても手に入れられないものを、手に入れた人が妬ましくなるのも自然な感情だ。でも、それに囚われ続けていても、何にもならない。自分を痛めつけるだけです」

寺から離れても、劣等感はなくならなかった。なまじ見えるせいで、寺と完全に切れることができなかったのも一因だろう。母に恐れられ、安心できる居場所がなくなった状態でようやくたどり着いた場所だったのに、結局は周りが期待するように祓えなかった己を、どこか欠陥品のように感じていたのだと思う。

しかし、欠けているところなどなかった。祓えないことも含めて、まるごと自分自身だ。

そう認識した上で、強くなりたいと思った。

誰かに認めてもらいたいからでも、勝ちたいからでもなく、ただ歩を守るために。

心からそう思える存在に出会えて、俺は幸運だ。

「他人は自分の思い通りに動かせないし、変えられない。自分の心の持ちようを変えるしかない。妬みも憎しみも消せないなら、そこに囚われないようにするしかない」

うるさい！　と沢木は吠《ほ》えた。たちまち黒い霧が濃くなる。

「潮田さえいなかったら、こんなことにならなかったんだ！　悪いのはあいつだ！」

腕をつかんでいた歩の手に、ぎゅっと力がこもった。

思わず振り返った先で、歩は沢木に訴えかける。

「でも、あなたは潮田さんを、直接傷つけることはしなかったじゃないですか。厭味《いやみ》は言ったかもしれないけど、悪口を言いふらしたりはしてない。陥れたりもしてない。自分の中で折り合いをつけるために、呪いを選んだんでしょう？　危害を加えたら自分が捕まってしまうから、捕まらない呪術を選んだだけかもしれないけど、自分なりにブレーキをかけたんじゃないですか？」

歩が言葉を重ねる度、黒い霧が薄くなっていく。——浄化されているのだ。

「そういう気持ちがあるんだったら、大丈夫ですよ。元に戻れます」

「元に……」

「はい。でも、潮田さんを呪った事実は消せない。直接謝れないなら、手紙でもいいから潮田さんに謝りましょう。これまでと同じポジションで働けないのは、報いだから仕方ない。でも、違う土地へ引っ越して、もう一度」

「なんで俺が引っ越さなきゃいけないんだ！　なんで！　おかしいだろう！」

沢木が喚《わめ》いた。一度は薄くなった黒い霧が、みるみるうちに濃くなる。

真っ黒に塗り潰されて、もう目も口も鼻も見えない。

「消えるのは潮田だ！　潮田がいなくなればいい！　消えればいい！　死ねばいい！　死ね！しねしねしねしね！」

——手遅れだったか。

呪詛が返ってきたことで、もはや抜け出せないところまで深く囚われてしまっている。

奏は咄嗟に歩を背にかばった。この忌まわしいものを歩に近付けてはいけない。

沢木は言葉にならない奇声をあげ、ばね仕掛けの人形のように勢いよく立ち上がった。間を置かずに飛びかかってきた沢木の腕をつかむ。斜めに体をかわし、そのまま床に引き倒した。すかさず後ろ手をひねり上げて動きを封じる。

「はなせ！　はなせえええ！」

沢木の声がひび割れる。もはや人の声ではない。

奏は沢木だったものの耳に口を寄せた。

「ナウマク　サラバタターギャテイビヤク……」

不動明王の火界咒《かかいしゅ》を唱える。悪魔や外道の障礙《しょうがい》を除くための咒だ。

呪詛返しのやり方をもう一度学んだとき、過去に試したいくつかの咒も学び直した。そのうちのひとつである。

唱え続けると、男は暴れた。腕は押さえ込んでいるので動かないが、足は、びくん、びくん、とありえない方向へ跳ね上がる。

歩に近付けてはいけない。動じるな。続けろ。

男を押さえつけ、心の内で自分自身を励ます。

「マカロシャダ　ケン　ギャキギャキ　サラババビギナン……」

足の動きが鈍くなった。しかし今度は腹や胸が幾度も跳ね上がり、ドン！　ドン！　ドン！　と床が鈍い音をたてる。

全力で押さえつけている腕が痛い。皮膚が燃えるように熱いのに、体の中身は冷たかった。妙に冷静な自分と、異様なほど高ぶっている自分がいる。

更に集中して魔界偈《まかいげ》と呼ばれる咒《しよう》を誦する。

「天魔外道皆仏性《てんまげどうかいぶつしよう》、四魔三障《しまさんしよう》　成道来《じようどうらい》……」

黒いものが薄れていく。次第に人間の沢木の輪郭がはっきりしてきた。

断末魔のように、沢木の全身が激しく痙攣《けいれん》する。

「一相平等無差別《いっそうびょうどうむしゃべつ》」

唱え終わると同時に、沢木の体からガクリと力が抜けた。

押さえつけていた腕をゆっくりと離す。

俯《うつぶ》せた沢木は動かなかった。完全に力が抜けている。

ふー、と我知らず深いため息が漏れた。魔界偈を使いこなせたというのに、喜びはない。それどころか、何とも言えない苦さが残っている。

膝をついたまま動けずにいると、そっと肩に手が置かれた。

歩が心配そうに覗《のぞ》き込んでくる。

ああ、無事だった……。ちゃんと守れた。

ようやく安心して、またため息が漏れた。

「奏、大丈夫か？」

「ああ、うん。大丈夫だ」

傍らに膝をついた歩は、ほっと息をついて笑った。

泣き笑いのような表情を目の当たりにして、なぜか胸がつまる。

俺は、歩が好きだ。

ふいに強くそう思った。

歩は俯せたまま動かない沢木を見下ろす。

沢木を包む黒い霧は消えていた。しかし体そのものは真っ黒に染まっている。洗っても擦っても、決してとれない黒だ。

「……沢木さん」

歩が恐る恐る呼んだ。

返事はない。

しかし歩の耳には、何か聞こえたのかもしれなかった、顔を歪《ゆが》め、もう一度呼ぶ。

「沢木さん？」

沢木は身じろぎした。もがくように手足を動かし、低いうなり声をあげる。意識は取り戻したようだが、話せる状態ではないようだ。

奏はポケットからスマホを取り出した。

「寺に連絡する」

「あ、うん……」

ぎこちなく頷いた歩は、悲しげに沢木を見下ろした。

沢木は恐らくもう二度と、戻ってこられない。


「二人とも、大変だったな。ご苦労さん」

淡々とそう言ったのは、ダイニングテーブルの正面に腰かけた夕信だ。

場所は奏が一人暮らしをしているマンションである。

奏の隣に座っている歩は、まじまじと夕信を見つめていた。奏も同じく、夕信から目を離せない。

なぜなら夕信が、チャコールグレーのスーツを身に着けているからだ。

寺に電話をかけた直後、見覚えがある三十代半ばくらいの僧侶が二人、沢木のマンションにやって来た。収斉の指示で、不測の事態に備えてついて来ていたらしい。

二人ともほとんど話したことはなかったが、敵意も蔑みも感じられなかった。こういう人も少なかったけどいたな、と改めて過去を思い出した。収斉が敢《あ》えて選んだ僧侶だったのかもしれない。

二人は沢木の様子に驚いた風もなく、てきぱきと対処してくれた。一人は沢木のために救急車を呼び、そのまま付き添うという。もう一人が奏と歩をマンションへ送ってくれた。寺に戻るより、マンションへ帰る方が近かったのだ。コインパーキングに停めたままのレンタカーも、寺の関係者が回収してくれたらしい。

歩と二人、送ってくれた僧侶に丁寧に礼を言った後、交替で風呂に入った。そしてリビングのソファに座るなり、そろって寝落ちした。初めて呪詛返しの結果を見たことで、気付かないうちに精神的にも肉体的にも疲弊していたようだ。

チャイムが鳴って目を覚ますと、時計の針は午後三時をさしていた。

四時間も眠っていたことに驚きつつ、インターフォンに出た。画面に映っていたのは、スーツにハーフコートを纏った夕信だった。僧衣以外を着ているのを初めて見たので、一瞬、誰かわからなかった。

奏と歩に凝視されていることに気付いたらしく、夕信はネクタイを緩めた。

「そんなに変か？　似合ってない？」

「全然変じゃないし、へたしたらお坊さんの格好より似合っててカッコイイですけど、ちょっと怖いです」

真顔で答えたのは歩だ。

夕信はきょとんとした。

「え、怖い？」

「はい。こういう言い方したらダメかもだけど、カタギの人じゃないみたい」

これといった特徴のない容姿の人だと思っていたのに、スーツを着ると、なぜか妙な迫力が出る。

「まあ実際、カタギじゃないからなあ」

「ええっ、お坊さんなんだからめちゃくちゃカタギでしょう」

「いやいや、ある意味、どんな仕事よりダークだから。そうか、電車に乗ったときに隣に誰も座らないのは、怖がられてるからなんだな。自分では普通のサラリーマンに擬態してると思ってたから驚きだ。教えてくれてありがとう」

冗談なのか本気なのかわからないことを言って、夕信はにっこり笑った。

やはりよくわからない人だ。

それでも、信頼はできる。近くで仕事があったから、ついでに訪ねたと言っていたが、きっと様子を見にきてくれたのだろう。

「夕信さん、沢木はどうなりましたか」

奏の問いかけに、歩が身を硬くするのがわかった。

夕信はうんと頷く。

「とりあえず入院したよ。胸と腹を何度も床に打ちつけたせいで、肋骨《ろっこつ》が二本折れてたそうだ。まあでも、内臓は無事だったから命に別状はないって」

歩がほっと息をついた。歩はもともと呪詛を返された沢木のことを心配していた。救急車で運ばれた後、どうなったか気にしていたのだろう。

奏は間を置かず、更に尋ねた。

「診察した医者は不審に思ったんじゃないですか？　警察に通報されたりとかは大丈夫ですか」

「ああ、それは大丈夫。うちの寺の系列の病院だから、医者も慣れてるよ」

病院にまで出資してるのか……。

たとえ警察に通報されたとしても、恐らく警察にも寺と通じている人がいて、うまく処理してくれるのだろう。実際、人間に傷つけられたわけではないから刑事事件とは言えない。だったら何だ、と追及されても答えられないが。

「救急車を呼んだうちの者、宅配便の配達員ってことになってるんだけど、病院に来た親御さんにえらく感謝されたみたい。ちょっと前から様子がおかしいって気付いてたみたいだな」

「社会復帰はできそうですか？」

「まあ、無理だろうな。救急車が来るまでに祓ったけど、ほとんど効果はなかったそうだ。素人なのにやばい呪殺法をやってたらしいから、返りも大きかったんだろう。あそこまでいったら助けられない」

「そうですか……」

沢木は最後まで、潮田が悪いと言い続けた。返された呪いの大きさを身を以《もっ》て知り、己がしたことの重大さがわかっただろうに、反省することはなかった。

復帰できるチャンスは、わずかながらあった。

それをふいにしたのは沢木自身だ。コンプレックスの沼から抜け出せなかった。

奏は隣にいる歩に視線を移した。眉根を寄せて手許《てもと》に目を落としている。

倒れた沢木を目の当たりにしていた歩は、彼が社会復帰できないことはある程度予想していたはずだ。が、実際にそうだと聞いてショックだったのだろう。

新川《しんかわ》君、と夕信が改まったように呼ぶ。

「魔界偈を使っただろう」

「あ、はい」

「君らのところへ行った二人が、完璧だったと言ってたよ。よくやったな」

「……歩が傍《そば》にいたから、できたんだと思います」

認められたことは、素直に嬉しい。

しかし、浮かれた気持ちにはならなかった。

全身が真っ黒に染まった男の姿が脳裏に浮かぶ。

——俺は、あんな風になりたくない。

ならなくて済んだのは、歩のおかげだ。

テーブルの下にある歩の手をそっと握る。

歩はハッとしたようにこちらを見上げた。照れくさそうに、そしてほっとしたように笑う。

それが合図だったように、夕信が立ち上がった。

「じゃあ、そろそろ帰るよ。お邪魔しました」

「わざわざ来てくださってありがとうございました。処理してくださったお二人にも、お礼を言っておいてください」

奏の言葉に、夕信は少し笑った。

「わかった、伝えておく。寺に置いてある荷物は、明日送るからな。何かあったら連絡して。ああ、見送りはいいからゆっくり休みなさい」

夕信が部屋を出て行くと、歩が息を吐いた。歩の手を握ったままだった奏の手を、ぎゅっと握り返してくる。

「奏、庇《かば》ってくれてありがと。お礼、ちゃんと言えてなかった」

「いや、全然、それどころじゃなかったし。だいたい、護符があったんだから、俺が庇わなくても大丈夫だったよな」

「ううん、嬉しかった」

首を横に振った歩は、奏の手をしっかり握ったまま続けた。

「沢木さん、途中まで、帰ってこれそうだったんだ。でも、だめだった」

悲しげな声だった。悔しそうでもある。

確かに、沢木は歩の声に少し浄化されていた。

歩自身にも、そのことがわかっていたのだろう。

「おまえが気にすることはない。沢木を元に戻すのは、収斉さんでも無理だ。どんなに力があっても、できないことはある」

「わかってる……。でも、俺にも、もうちょっと、何か、できることがあったんじゃないかと思って……」

歩は意を決したようにこちらを見上げた。

「俺、ちゃんとお寺で修行したい。俺はお坊さんじゃないし、修行したからって力がつくとは限らない。誰かを助けられるとも思わない。ただ、俺自身が悔いを残したくないんだ。奏に守られるだけじゃなくて……、無理かもしれないけど、奏が危ないときには、俺が助けたい。だから、今の俺にやれることは、やりたい」

まっすぐな物言いだった。

歩には功名心も野心もない。ただただ言葉通り、自分にやれることをやりたいと思っている。

――歩らしい。

このまっすぐな歩を守ってやりたい。

「わかった。俺も修行したいから、収斉さんに改めて頼みに行こう」

ん、と大きく頷いた歩の眼差しは、どこまでも真摯だった。

「ありがとう、歩」

「え、何が？」

「全部」

「なんだそれ」

歩は不思議そうに、それでいておかしそうに首を傾《かし》げる。

愛しさが込み上げて来て、奏は歩と手をつないだまま、もう片方の手で彼をしっかりと抱きしめた。歩も空いている方の手を奏の背中にまわしてくる。

衣服越しでも体温が感じられて、心地好さに思わず吐息が漏れた。

「奏」

「うん？」

「……したい」

何を、と聞くまでもなかった。

素肌に触れて、体温を直接感じたいのは奏も同じだ。

できることなら、まだ一度も入ったことがない、歩の奥深くまで入りたい。

だから迷うことなく頷いた。

「ああ、しよう」


歩がシャワーを浴びたいと言ったので、奏は寝室で彼を待った。

ベッドヘッドの明かりを灯《とも》し、ローションとゴムを用意する。いつか使うために買っておいたものだ。これから本当に歩と体をつなげるのだと実感して、いやが上にも高揚する。

しばらく待つと、頬をピンク色に染めた歩が戻ってきた。ベッドヘッドに用意されたローションとゴムを見つけたらしく、恥ずかしそうに目をそらす。

「あの、お待たせ……」

小さなつぶやきが、たまらなく愛しい。

「おいで」

愛しさで胸がじわりと熱くなるのを感じつつ、奏はベッドに上半身を起こした体勢で両手を広げた。歩は嬉しそうに笑って、正面から抱きついてくる。

胸の熱に促され、歩の唇にキスをした。

触れただけで離すと、すぐに唇が追いかけてきて啄《ついば》まれる。

ごく近い距離で目が合った。こげ茶色の瞳には甘い熱が宿っている。

「もっとしよ」

囁《ささや》く声も蕩《とろ》けるように甘い。

たちまち体が芯から熱くなった。

今まで何度も歩とセックスを経験した。ただ生理的な欲を解消するだけの味気ないものだと思っていたセックスが、相手が歩だというだけで、至上の快楽を与えてくれることを知った。尽きることのない情欲に、自分でも心底驚いた。

今また、激しい欲に駆られる。

二つの体が溶けて一つになるまで混じり合いたい。

「そうだな。いっぱいしよう」

情欲を隠さずに応じて、再び口づける。間を置かずに舌を差し入れた。

「んっ……」

温かく濡《ぬ》れた口内もまた、目眩《めまい》がするほど甘い。

既に熟知している敏感な場所を舌先で幾度も愛撫《あいぶ》してやると、歩は色めいた声を漏らした。

「んう……、ん、ん」

歩の両腕が首筋にまわって、情欲を煽《あお》られる。

深く口づけたまま、スウェットの上衣の裾から手を入れた。滑らかな素肌に直接触れる。背骨をたどると、んん、と歩は甘い声を漏らしてびくびくと震えた。奏の舌が施す愛撫に応えていた舌も、きゅ、と縮こまる。

もっと反応を見たくて、前に手をまわした。既に硬く尖《とが》った乳首が指先に当たる。指の腹で押し潰すようにして撫でると、んん、と歩はまた声を漏らした。首筋にまわっていた腕に力が籠もる。これ以上ないほど感じてくれているらしい。

もっと感じさせたい。

今は衣服に隠れて見えないが、きっと牡丹《ぼたん》色に染まっているだろう乳輪を撫でまわす。硬くなった粒を爪先で幾度も引っかく。弾力の増したそれを指先でつまみ、執拗《しつよう》に揉む。

息継ぎのために口づけの角度を変えると、たちまち嬌声《きょうせい》が漏れた。

「はあ、あ、あ……」

色めいた声に耳を侵されながら、互いの唇をつないだ糸を、歩の唇を舐《な》めることで断ち切る。すると無意識なのか、歩は自らも舌を差し出してきた。ちゅ、と音をたてて舌先を吸う。もちろん、胸への愛撫は続けたままだ。

引き締まった歩の腰が、淫らに揺れ始めた。

「あ、あ、らめ」

長く激しいキスのせいで舌が痺《しび》れているのか、舌足らずに拒絶する。

「気持ちいいだろ?」

「いいけど、あ、いいから、そこばっか、だめ……!」

快楽に瞳を潤ませた歩が腰を揺らす。

視線を下ろせば、スウェットのズボンの前は、早くも膨らんでいた。しかも、ライトグレーの布の色が、うっすらと濃く変わっている。——もう濡れているのだ。

「乳首だけで、いけるのか?」

尋ねた声は低く掠れた。ひどく興奮している。

そのことに気付いているのか、いないのか、歩はこくこくと何度も頷いた。

「ん、うん、いきそう……。だから、乳首はもう……」

「いきたかったら、いけばいい」

「でも、乳首だけで、いくの……、恥ずかしい……」

「じゃあ、こっちも触ろうか?」

囁いて、もう一方の手も強引にスウェットの中へ入れる。そして、放置されて震えている片方の乳首もつまんだ。

「あぁ、だめ、だめだって……!」

歩は逃れるように上半身をよじった。

しかしすかさず追いかけて、両方の乳首を捉える。

「やめ、いっちゃ……！」

「だから、いってていいって。おまえが、恥ずかしがりながらいくとこが見たい」

更に乳首を揉むと、歩は掠れた嬌声をあげて全身を強張らせた。

スウェットのズボンの前に、じわじわと染みが広がる。

じっと見つめた先で、歩はきつく目を閉じた。赤く染まった頬や涙が滲んだ目許、寄せられた眉根には壮絶な色気が滲んでいる。は、は、と荒い息を吐き出す唇は、どちらのものとも知れない唾液で濡れそぼっていた。ピンク色の舌先がちろりと唇を舐める。

あまりに扇情的な光景に、ごくりと喉が鳴った。

下着の中に全て出してしまったのだろう、うう、とうなった歩は奏にくたりと上半身を預けてくる。しかし一方で、拳で肩を叩いてきた。

「奏のばか……。いっちゃったじゃん……」

「ああ、かわいかった」

素直に感想を述べた奏は、歩の腰を強く抱き寄せた。

おまえの嬌態を見てこんなに興奮したんだと言葉にするかわりに、充分に高ぶった己の性器を、歩の腹に押しつける。

「あぁ……！」

達したばかりで敏感になっている体には刺激が強かったのか、歩はびくびくと震えた。

入れたい、と全身が叫んでいる。

歩の中に指を入れて感じるポイントを見つけ出したのは、二ヶ月ほど前のことだ。それ以来、何度も指を入れて愛撫した。あの熱い場所に入りたい。

「歩、入れたい。いいか？」

「うん……」

躊躇《ためら》うことなく頷いた歩は奏から離れ、スウェットの上衣を脱いだ。そして自らズボンを下着ごと下ろす。

奏も自らTシャツを脱ぎ捨てた。今更取り繕っても仕方がないので、躊躇うことなくズボンも脱ぐ。

歩に向き直ると、真っ先に赤く染まった愛らしい乳首が目についた。そしてゆるゆると起《た》ち上がっている濃い色の性器が視界に入る。一度達したせいで、性器はもちろん、淡い下生えもしっとりと濡れていた。先端から新たに滴った欲の蜜が、ベッドヘッドの柔らかな明かりを受けて蠱惑的《こわくてき》に光る。

ごくり、と我知らず喉が鳴った。

歩も奏の猛《たけ》った性器を目の当たりにして、同じように喉を鳴らす。

瞬きも惜しんで見つめた先で、歩はベッドにゆっくり横たわった。そして自らの両膝の裏を、ゆっくり持ち上げる。

性器と同じ濃い色に染まった秘所が、そろそろと晒《さら》された。

「じゅ、準備、してあるから、入れて……」

「準備って……」

「さっき、シャワーしたときに、やった……」

だからシャワーを浴びたいと言ったのか。

カアッと頭の芯が熱くなる。

奏の情欲が滴る視線を受け止めたそこは、ひくひくと蠢《うごめ》いた。健気に綻んだかと思うと、次の瞬間には怯《おび》えたように縮まる。そしてまた緩く解ける。

鮮やかなピンク色の内壁が、ほんのわずか、ちらと見えた。

――頼む、あと少しだけ我慢してくれ。

どうしようもなく猛っている己の欲に懇願しながら、奏はローションを手に取った。急いでキャップをはずし、チューブを直接歩の谷間にあてがう。そのままゆっくりと、しかしたっぷりローションを押し出した。

冷たかったのだろう、宙に浮いた歩の足指の先が跳ねる。

「やっ……、なに?」

「ごめん、すぐにあったためるから」

うめくように言って、侵入物を押し出そうとしているそこに、指を二本、まとめて入れた。

火傷《やけど》しそうなほど熱い内壁が少し抵抗したものの、既にある程度解《ほぐ》れていたそこは、奏の指を根元まで受け入れる。

「あぁ……！」

突然の刺激に、歩が感じたままの色めいた声をあげた。

そこに拒絶ではなく歓喜の色を見出し、中で指を広げてバラバラに動かす。ローションがくちゅくちゅとあからさまな水音をたてた。

「はっ、あは……！」

いいところを偶然押されたらしく、歩の顎が上がる。

反り返った性器から蜜があふれ、歩自身の白い腹に滴り落ちた。その感触にすら感じてしまったらしく、腰が艶《なま》めかしく揺れる。同時に、奏の指をきつく締めつけた。

何回見てもエロい……！

今日はこの先に挿入があるとわかっているからか、いつもに輪をかけて扇情的だ。

今度は明確な意図を持って、そこを集中して何度も擦る。指が出入りしているだけでなく、内壁そのものが激しく蠢いているせいで、たっぷり注いだローションが空気を孕《はら》んだようだ。

ぶちゅ、ぷちゅ、と卑猥《ひわい》な音があふれる。

「だめ、そこばっかり……！」

「気持ちいい、だろ？」

「ん、気持ちい、から、またいく……！」

苦しそうな声は、しかし恍惚《こうこつ》としている。

全ての指を慎重に引き抜いた奏は、すぐに三本まとめて押し入れた。

「あーっ……！」

一旦出て行ったことで油断していたのか、歩は悲鳴のような嬌声をあげた。

一方で、三本の指は根元までしっかりと入っている。

押し寄せる内壁を拡《ひろ》げるため、休まず何度も出し入れすると、歩は身悶《みもだ》えた。

「待って、奏、まって……！　やぁ……！」

次の瞬間、歩の足先が大きく跳ねた。とろとろとまた性器から蜜が滴り落ちる。

しかし、健気に震えるそれが淫水を吐き出すことはなかった。濃い桃色の性器は反り返ったままだ。どうやら出さずに達したらしい。

「なに、これ……」

歩はすすり泣きながら、頑是ない子供のように首を横に振った。中への愛撫だけで達したのは初めてだから戸惑っているのだろう。無垢《むく》な仕種《しぐさ》と欲情した体とのギャップがたまらない。

今までのセックスでも歩は驚くほど扇情的だったが、今日は更に淫らで卑猥だ。

ますます情欲が燃え上がるのを感じながら、奏は囁いた。

「大丈夫だ、気持ちよかっただろ……？」

「うん……。でも……、へんじゃない……?」

「全然、変じゃない。上手にいけたな、偉いぞ」

今にも暴れ出しそうな欲望を押し止《とど》め、できるだけ優しく囁く。

歩はさも嬉しそうに笑った。

愛しさで胸が張り裂けそうになる。

一方で、歩の中に入れた三本の指は、ひっきりなしに愛撫されていた。指を動かしていないのに、ローションが微《かす》かな水音をたてている。

あ、あ、と甘い声を漏らした歩は、快楽に潤んだ瞳で奏を見上げた。

「もう、入れてほしい……」

「平気か……?」

「うん、大丈夫だから……」

歩が頷いたのを確認して、奏は三本の指をまとめて引き抜いた。

ただそれだけのことで、あぁ、と歩は嬌声をあげる。腰も淫らに揺れる。

ベッドヘッドの明かりのおかげで、たっぷりとローションを纏ったそこが淫らに蠢く様をつぶさに見ることができた。ただ綻ぶのではなく、物欲しげに口を開く。

性器が痛いほど張り詰めて、奏はうなった。震える手でゴムをつけ終えたときには、全力疾走をしたかのように肩で息をしていた。もう一秒も我慢できない。

「入れるぞ」

歩の両膝の裏を持ち上げてそう告げると、うん、と歩は躊躇うことなく頷いた。入れて、という囁きが耳を甘くくすぐると同時に、先端を押し入れる。間を置かず、一息に貫いた。

「あぁっ……！」

掠れた声をあげた歩は、今度こそ淫水を吐き出した。

隙間なく奏の劣情の全てを包み込んだ内壁が、きつく締めつけてくる。かと思うと艶かしく蠕動《ぜんどう》して、脈打つ性器を愛撫した。確かにゴムをつけたのに、その感触は生で入れたかのようにダイレクトに伝わってくる。

目の前に火花が散るような激しい快感に、奏は呻《うめ》いた。

歩に休む間を与えてやりたいのはやまやまだが、余裕がない。せめて欲のままには動くまいと、できるだけゆっくり中を擦る。

「あ、あっ、や、まだいってるから……！」

「ごめん、止まれない……！」

「だめっ、だめ、ぁん！　あ、あっ」

次第に激しくなる動きに、歩はまともな言葉を発しなくなった。快感に蕩けきった嬌声ばかりが、開きっぱなしの唇からあふれ出る。

その声にも煽られ、夢中で歩を揺さぶった奏は、ほどなくして限界を迎えた。

歩の感じるところを意識して突くと同時に達する。

「くっ……！」

「あぁ……！」

歩の両脚がぎゅうと腰を締めつけてきた。

あまりに強烈な快感に、頭の中が真っ白になる。

ゴムに阻まれていても、奏が欲を放っているのがわかるらしく、歩は断続的に甘い声をあげ続けた。ひくひくと、己が吐き出したもので濡れた腹が震える。

奏は歩と共に快楽という海に浸され、溶け合っているのを感じた。

これほど濃密な快感と歓喜、そして幸福感を、他に知らない。

大きく息を吐いて歩の上に倒れ込む。その拍子に、ずるりと性器が抜けてしまった。

「ああ……」

荒い息を吐いていた歩は、切ない嬌声を漏らした。

その声が耳をくすぐった途端、たった今達したばかりの性器に再び力が戻ってくる。

だめだ。まだ全然足りない。歩がほしい。

「もう一回、していいか……？」

んー、と歩は否とも応ともとれる声を出す。

「嫌か……？」

「嫌じゃ、ないけど……。なんか、気持ちよすぎて、変になりそうだから……」

言いよどむ歩の額に汗で貼りついた前髪を退《ど》け、そのまま頭を撫でてやった。

情欲に潤みきった瞳が、こちらを見上げてくる。

「怖いか？」

「怖いっていうか……。よすぎて、すげえ喘《あえ》いじゃいそうだから……。奏、うるさくて冷めるかも……」

不安げな物言いに、胸がじんと痺れた。

愛しくて、いじらしくてたまらない。

「俺がおまえに冷めるなんて、ありえない」

きっぱりと言い切る。

しかし歩は胡乱《うろん》げに眉を寄せた。

「ほんとかよ……」

「本当だ。俺として感じすぎてくれるなんて、めちゃくちゃ嬉しい」

真剣に言うと、歩は目を丸くした。奏を見上げて本心だと悟ったらしく、照れたように視線をそらす。

「じゃあ、してもいいよ……。俺も、ほんとはしたいし……」

視線を下ろしたところにある歩の濃い色の乳首は、硬く尖っていた。腹で押し潰した性器も、二度達したにもかかわらず芯が通ってきている。俺もしたいという歩の言葉に嘘はない。叫び出したいような歓喜を感じつつ、歩、と呼ぶ。

「声、我慢しなくていいからな。俺は聞きたい」

「……ばか、エロ魔人」

悪態をついた唇に、奏は噛みつくように口づけた。

「二人とも、ご苦労だったな」

正面に腰かけた収斉は上機嫌で言った。

収斉や寺のことは、以前のように疎ましくないし、嫌悪感もほとんどない。

けどやっぱり、なんかムカつくんだよな……。

過去云々《うんぬん》は置いておくとして、単純に相性が悪いのだろう。

今まで考えもしなかったことを発見して驚きつつ、どうも、と奏は素っ気なく応じた。

隣に腰かけている歩は、こちらこそありがとうございました、と律儀に礼を言う。

場所は以前にも三人で訪れた、マンションの近くにある和風喫茶だ。禿頭《とくとう》の大柄な僧侶と大学生二人、という珍しい組み合わせだったせいだろう、店員は奏たちを覚えていたらしい。店内に入ると、痛いほど視線を感じた。

話したいことがあるから時間を作ってほしいと頼むと、収斉はこの喫茶店を指定した。

「潮田さん、元気に会社に行っておられるって聞きました」

落ち着いた口調で言った歩に、うんと収斉は満足げに頷いた。

「一昨日《おととい》、ちょうどあれから一ヶ月だっただろう。手紙が来てな、辻内君と奏によろしく伝えてくれと書いてあった。同期の女性も元気だそうだ」

「そうなんですね。よかった！」

三月も半ばとなり、寒さは幾分か和らいだ。しかし平地でもまだ雪がちらつく日もある。

お待たせいたしました、と脇から声がかかった。店員が収斉の前にお汁粉セットを、奏の前に抹茶ラテを、そして歩の前にお団子セットを置く。

餡と黄粉《きなこ》、二種類の団子を前にして、歩は目を輝かせた。いちいちかわいい。

ごく自然に緩んだ頬を引きしめ、奏は収斉に向き直った。

「ひとつ、聞きたいことがある」

「なんだ？」

「沢木が元に戻れない状態になってるって、あんたわかってただろう。俺が魔界偈に失敗したらどうするつもりだったんだ」

え、と声をあげたのは収斉ではなく歩だ。

「沢木さんがああいう状態だって知ってたんですか？」

「まあな。沢木がやったのはただの呪いじゃない。呪殺法だ。呪い殺すのが目的だから、当然返りも大きい。素人が無事でいられるわけがない。しかし奏が魔界偈を使えるという確信もあったぞ」

「なんだそれ。あんたの勘で俺は動かされたのかよ」

じろりとにらむと、収斉はにっこり笑った。

「私の勘は外れたことがないからな」

「ちょっと待ってください」

口を開いたのは歩だ。眉を寄せて収斉をにらむ。

「それは結果論でしょう。何かあったらどうするつもりだったんですか」

「一応、万が一に備えて、辻内君に護符を渡したんだ。僧侶もつけておいた。奏が電話したらすぐに行っただろう」

「そうですけど……。危険があるときは、ちゃんと前もって言ってください。心構えができてるのとできてないのとでは、全然違いますから」

珍しく厳しい物言いをした歩に、収斉はわずかに目を見開いた。

が、わかった、と神妙に応じる。

「実は、夕信にもちょっと叱られた」

「叱られて当然です。あ、夕信さんもお元気ですか？」

「ああ、元気でやってる。相変わらずだ」

「そうですか、よかった」

歩はやっと表情を緩めた。

歩の怒りがとりあえず静まったのを察したらしく、収斉はこちらに身を乗り出した。

「ところで、私に話とは何だ？」

奏は歩と顔を見合わせた。

話していいか、と目で問うと、歩は真剣な顔でこくりと頷く。

奏は改めて収斉に向き直った。

「今回の魔界偈は、偶然うまくいったと思ってる。コンスタントに力を出せるわけじゃない。それじゃだめだ。どんな状況になっても、歩を守れる力がほしい。だから一度、ちゃんと修行したいんだ。お願いします」

躊躇うことなく頭を下げると、収斉が驚く気配がした。

続けて歩も口を開く。

「俺も今、自分にできることをやりたいです。これから先もずっと奏と一緒に生きていきたいから、奏だけに負担をかけたくないのもあります。俺も奏を守りたい。だから、修行させてください。よろしくお願いします」

歩はまっすぐに収斉を見つめた。

感動なのか、歓喜なのか、愛しさなのか。どれかひとつではなく、全てを混ぜ合わせた感情が湧き上がってくる。

俺は今、幸せだ。

「それはつまり、この先も二人そろって、寺の仕事を引き受けてくれるということか？」

気を取り直したらしい収斉が尋ねてきた。

奏は歩と視線をかわす。

「俺も歩も、積極的に関わるつもりはない。寺には専業の僧侶が何人もいるんだしな。ただ、修行させてもらうんだから、俺たちにやれることはやる」

これは歩と話し合って決めたことだ。

収斉は己に何の得もないのに、奏と歩を手許に置いて修行させるような甘い真似《まね》はしない。何かを差し出さなくてはならない。それは寺に持ち込まれる依頼の解決だったり、収斉の好奇心を満たす行いだったりするのだろう。それを承知の上で、修行することにした。

俺にできることがあったらやりたいと思う。奏を守るのが一番だけど、もしそれで救われたり、助かったりする人がいるんだったら嬉しい。

歩がまっすぐな目でそう言ったからだ。

ふむ、と収斉は曖昧な返事をした。

「寺の一員になる気はないと」

「それは全くない。俺たちはやっぱり偏った力しか持ってないんだ。魔界偈も、歩が傍にいなかったらできなかったかもしれない。そんな不確かな力で、寺の一員になれるわけがない」

奏はきっぱりと言い切った。歩も頷いて同意を示す。

歩は単純に、自分には寺と本格的に関われるだけの力などないと思っているようだが、奏の考えは少し違う。

潮田の件は、たまたまうまくいっただけだ。

沢木は結局、会社を退職したと聞いた。実家に帰ったそうだが、引きこもりのようになって精神科に通っているという。自業自得とはいえ、後味は良くない。

寺に持ち込まれる案件に関わるようになれば、そうした負の面もたくさん目にしなくてはいけない。更には、寺の中の勢力争いにも巻き込まれるだろう。

大切な歩を、そんなばかげた環境に置きたくない。

収斉はわざとらしくため息を落とした。

「なるほど、承知した。しかし気が変わったらいつでも言ってくれ」

「わかった。まあ、俺も歩も変わらないけどな」

素っ気なく言うと、収斉はにやりと笑った。

「今はひとまず、そういうことにしておこう」

しれっと言ってのけた収斉を、奏はにらんだ。

やっぱり食えない坊さんだ。

一方の歩は、よろしくお願いします、ともう一度真摯に頭を下げた。

収斉がうんと頷いたことで、この話はもう終わったと思ったらしい。いただきます！　と手を合わせて団子を食べ始める。

「ん、美味《おい》しい！」

「だからいつも大口開けて食うなって言ってんだろ」

ため息を吐《つ》いた奏は、歩の唇の端についた餡を指で取った。

へへ、と嬉しそうに笑った歩は、テーブルの下にある奏の膝に自分の膝をくっつける。

ああ、俺は今、本当に幸せだ。

あとがき

本書は、投稿時代以来のホラーっぽい話です。

私的にはミステリの括りだったので、全編ホラーは初ということになります。四年前に一度、ホラー要素のある話を書かせていただきましたが、投稿時代、ホラーをはじめ暗めの話ばかり書いていました。江戸川乱歩《えどがわらんぽ》やスティーヴン・キングを愛読していたこともあり、よっしゃー！　怖い話や暗い話をいっぱい書くぞー！　と気合いを入れて執筆していたのですが、しばらく書き続けると、明るくて幸せな話が書きたくなりました。

読むのと書くのとでは違うのね……。

そんな気付きがあり、自分が幸せを感じるジャンル、ボーイズラブ小説を書くようになった次第です。

今回、ホラーっぽい内容ではありますが、基本がボーイズラブ小説だったおかげか、テンションを高く保ったまま執筆することができました。クールな攻とワンコっぽい明るい受は、最近のお気に入りカップルです。なんだかんだラブラブな二人に凄《すご》く癒されます。そして久々にホラー描写を書いて、ちょっと懐かしい気持ちになりました。

なお、本作を執筆するにあたり、主に左記の書籍を参考にさせていただきました。

●豊島泰国『図説日本呪術全書』原書房
●少年社（本田不二雄・佐々木勝・池本由紀恵）・福士斉・深澤順子・吉田邦博／編
『修験道の本　神と仏が融合する山界曼荼羅』学習研究社

最後になりましたが、お世話になった皆様方に感謝申し上げます。

編集部の皆様、ありがとうございました。特に担当様には、本当にお世話になりました。

お忙しい中、挿絵を引き受けてくださったｍ：ｍ《むむ》先生。素敵なイラストを描いてくださり、ありがとうございました。歩《あゆむ》をかわいくかっこよく、奏《かなで》をクールな美形に描いていただけて、とても嬉《うれ》しかったです。

この本を手にとってくださった皆様。貴重なお時間を割いて読んでくださり、ありがとうございました。もしよろしければ、ひとことだけでもご感想をちょうだいできると嬉しいです。

それでは皆様、どうぞお元気で。

二〇二三年七月　久我有加《くがありか》

この本を読んでのご意見、ご感想を編集部までお寄せください。

《あて先》〒141-8202 東京都品川区上大崎3-1-1 徳間書店 キャラ編集部気付
「彼岸花は僕だけにささやく」係

【読者アンケートフォーム】

QRコードより作品の感想・アンケートをお送り頂けます。

Chara公式サイト http://www.chara-info.net/

■初出一覧
彼岸からのささやき……小説Chara vol.47（2023年1月号増刊）
逢魔が時に、二人……書き下ろし

彼岸花は僕だけにささやく

……【キャラ文庫】

2023年8月31日　初刷

著者　久我有加
発行者　松下俊也
発行所　株式会社徳間書店
〒141-8202　東京都品川区上大崎3-1-1
電話　049-293-5521（販売部）
03-5403-4348（編集部）
振替　00140-0-44392

印刷・製本　図書印刷株式会社
カバー・口絵　近代美術株式会社
デザイン　モンマ蚕（ムシカゴグラフィクス）

ISBN978-4-19-901109-2

久我有加の本

好評発売中

「寮生諸君!」

イラスト✦麻々原絵里依

時は明治、華族の子息から平民の子まで通う全寮制男子校――そんな新設校に入った武家出身の庄野《しょうの》。同室は、洋行帰りで華族の子息・朝妻《あさつま》。初めは身分差を警戒していたけれど、気さくで公平な朝妻は寮生一致で寮長に就任!!　庄野を副寮長に指名し「ベースボール部を作ろう!!」と言い出して!?　部員集めやレギュラー争い、寮内の勉強会に交流試合――個性豊かな寮生達が巻き起こす青春浪漫!!

久我有加の本

好評発売中

［満月に降臨する美男］

イラスト✦柳ゆと

昼は地味で気弱な俺が、満月の晩だけ人を虜にする美男に変身!?　特異体質の秘密を抱え、しかも憧れて入った会社は倒産寸前――万事休すな営業マンの周《あまね》。そんな周が慕うのは、経営立て直しの任に就いた上司・神宮寺《じんぐうじ》だ。大胆に辣腕を振るう一方で、俺なんかの意見にも真摯に応えてくれる――周がほのかな想いを抱き始めた矢先、なんと神宮寺が周の別人格である“カグヤ”に一目惚れしてしまい!?

久我有加の本

好評発売中

［獲物を狩るは赤い瞳］

イラスト✦金ひかる

150 年前の世界大戦から、急激に繁殖した赤い瞳の人喰い鳥──そんな凶鳥クロと闘う部署へ配属された新米刑事の礼央《れお》。相棒となったのは、クロの研究機関から派遣されたワタナベだ。「人間は、私の優れた視力や聴力、運動能力に遠く及ばない」見下すように告げたワタナベは、実はクロの遺伝子で造られた人外の存在だった!! 反感を抱く礼央だが、二人でクロを扱う組織に潜入捜査することに!?